TOKYO FIGHT

Les Arènes,
17-19, rue Visconti, 75006 Paris
Tél. : 01 42 17 47 80

TOKYO 東京 FIGHT JÉRÔME LE BANNER

AVEC KARIM BEN ISMAÏL

KOMON

LES ARÈNES

COMBATTRE AVEC LES FANTÔMES

Soudain, la marée noire de mes pensées déferle. Cinq heures avant mon combat. Pourquoi je respire si fort ? C'est quoi ce point, cette douleur côté cœur ? Cent vingt kilos de chairs et d'os ballottés par mon tumulte intérieur.

Je ne me suis pas beaucoup préparé pour ce combat au Japon. « Ce sera le dernier. » Je l'ai dit. J'aimerais qu'il en soit ainsi.

J'ai 51 ans bien tapés et je m'apprête à cogner sur un mec dont je ne sais rien. Je fais ça depuis plus de trois décennies. Aujourd'hui, j'ai moins envie de faire mal. Avec la maturité, il y a ce truc d'agressivité qui se barre. Je serai bientôt trois fois grand-père. J'ai moins de colère en moi. Pourtant, j'ai de la peine à en terminer avec ce besoin constant de me prouver des choses.

La ligue de combat à la mode, c'est le Breaking Down. À des jeunes qui ont le feu intérieur, on offre des *gaijin*, des « étrangers », de vieilles gloires passées comme moi, qui ai jadis brillé au K-1.

Il est 15 heures en ce dimanche d'été 2024. Finie la sieste. Je me suis calé dans un fauteuil du lobby du Castle Hotel, à Kumamoto. Lassé de tourner dans mes draps, j'ai préféré descendre. Le coup de gong de mon combat est à 20 heures. Mon chauffeur devrait arriver d'ici trente minutes. Je regarde une photo sépia encadrée d'Hirohito, l'ancien empereur, prise sur le perron de l'hôtel. J'essaye de m'occuper l'esprit. Je suis fatigué de ces moments de latence. Qu'on y soit, puis terminé, quoi !

J'ai bouclé mon sac. Pour ce qui sera en principe mon ultime combat, je porterai mon short en peau de cerf. Au fil des succès je l'avais délaissé, remplacé par un autre, en nylon, sur lequel il était plus facile de coudre ou de coller le nom des sponsors. La peau de cerf, c'est celui de mes débuts, il m'a donné tant de force avec ses broderies indiennes et le prénom de ma fille, Victoria.

Dans ma maison de Sainte-Marie-au-Bosc, en Seine-Maritime, sur la quatrième étagère de mon dressing, à droite, il y a mon testament. Victoria le sait depuis qu'elle a 5 ans. J'ai tout préparé. Peut-être qu'en voulant la sécuriser je lui ai aussi apporté de l'insécurité. Je suis un oxymore.

J'ai disputé près de cent cinquante combats en trente ans de carrière, dont plus de la moitié au Japon. J'ai renoncé à compter. On ne peut pas aller de l'avant quand on a le regard fixé sur le rétroviseur. Hiroshi Yokoyama, un ancien fan que j'appelle « mon fils », l'a fait pour moi. Il a dénombré quatre-vingt-cinq combats exactement au Japon : soixante en kick-boxing, huit en MMA et dix-sept en catch. Ça en fait, des gouttes de sueur et des coups dans la gueule.

Lorsque Victoria était enfant, chaque fois que je partais pour le Japon, je lui disais « Papa va travailler ». L'intime vérité que je taisais, c'est que si je combattais le 8 du mois, dans ma tête il n'y avait pas de 9. Pas de lendemain. Pas d'après. C'est un poids trop lourd à porter, si on veut tout donner.

Le temps suspendu est délétère. Gamin solitaire, j'adorais rêver, j'avais appris à m'ennuyer. Mes rêves m'ont emmené loin, jusqu'ici au Japon. Mais à l'approche de mon combat, je ne suis pas d'humeur à rêvasser. Je ressasse la sensation d'aller au carton. Je malaxe ce sentiment de me diriger vers l'abattoir. Je ne vais pas me plaindre, je l'ai voulu. Un combattant, c'est un élu : on a accès à des confins intimes de soi que peu iront explorer. Ce privilège a un coût émotionnel. On n'en sort pas indemne.

Kumamoto est une jolie ville de l'île de Kyushu, au sud du pays. En cette période de l'année, l'air y est lourd. Il règne comme une atmosphère de typhon, moite et irrespirable : 38 °C, saturés par plus de 80 % d'humidité. Au Japon, j'ai toujours accusé davantage sur la balance. Si je pèse cent vingt kilos en France, j'en accumule cinq de plus ici tant mon organisme se gorge de flotte. C'est peut-être pour ça que je souffle fort. J'ahane parfois même sans faire d'effort.

J'attends toujours mon chauffeur et son van climatisé. Je suis pressé de bouger. Pour penser à autre chose, évacuer la cohorte des images noires qui s'avance dans mon crâne. Comme celle de cette ambulance du Samu, fin 2019. Je viens de faire un genre de syncope, tout seul chez moi, près d'Étretat. Ma maison aussi bien que ma vie sonnent creux. Mélissa s'est barrée une semaine plus tôt. On était mariés depuis plus de dix ans. Elle m'a quitté pour un gars que je pensais être un ami.

Sitôt arrivé à l'hôpital, j'avais voulu repartir. Ne pas savoir. Le diagnostic, je le connaissais : cœur brisé. Net. Les médecins ont insisté. Une batterie de tests a révélé qu'il ne montait pas en pulsations. « Vous avez un problème cardiaque, monsieur Le Banner. » On m'a parlé de me poser des stents, ces petits tubes en acier qui renforcent les artères. Il m'a fallu revenir deux mois plus tard pour des examens complémentaires. Cette fois, à l'échographie, ils m'ont dit que j'étais rétabli. « On n'a jamais vu ça : votre ventricule gauche va bien. Et le droit n'a rien non plus. » J'ai une capacité de récupération supérieure à la moyenne. Sans ça, je serais mort depuis longtemps.

Désormais, je perçois un peu plus les battements de l'horloge du Temps. En juin 2022, avant un combat en MMA au Havre, c'était passé ric-rac, avec la docteure qui m'examinait lors de la visite médicale préalable. J'avais 49 ans et elle avait tiqué sur mon rythme cardiaque. Puis je l'ai emporté, par soumission, au premier round, face au Serbe Ivan Vicic. Je me suis dit que j'avais encore de la marge.

Je suis tellement content d'être au Japon, même si j'oscille entre excitation et appréhension. Je ne voudrais pas faire le combat de trop, comme ce catcheur interprété par Mickey Rourke dans *The Wrestler*. Pour celui de ce soir, j'ai signé un contrat sans le lire. Il était rédigé en japonais. J'ai imprégné mon pouce d'encre, je l'ai apposé sur la feuille de papier. Terminé.

Je n'aime pas me perdre dans les méandres de la défiance. Ça me mène trop loin, dans des coins sombres. Je suis à la fois ultracérébral et hyperémotif. Alors je me suis résigné à faire confiance. Tant pis si ça me porte préjudice. Au sommet de ma gloire dans l'archipel, j'ai gagné des centaines de milliers de dollars, qu'un gestionnaire m'a fait placer. Il m'a baladé, puis ruiné. J'ai envisagé de le tuer. Il y a cinq ans, pour manger, j'ai été forcé d'aller voler chez Auchan. Dans le même hypermarché où, à l'âge de 20 ans, je travaillais comme agent de sécurité.

Les trahisons m'ont rendu misanthrope. À la compagnie des humains, je préfère celle des mastiffs brésiliens et bergers caucasiens que j'élève en Normandie. Je me sens proche d'eux. C'est terrible, le destin d'un chien : il aboie parce qu'il ne parvient pas à se faire comprendre. L'an passé, un de mes mastiffs aboyait en pleine nuit. J'aurais dû me lever, aller voir. Je ne l'ai pas fait, pensant qu'il était excité par une des chiennes en chaleur. Je me suis rendormi. Au petit matin, je l'ai retrouvé mort, victime d'un retournement d'estomac. Cela arrive quand ils avalent trop vite. J'avais procrastiné au lieu de suivre l'intuition qui m'incitait à me lever. La culpabilité qui m'a envahi m'a fait très mal. Mon chien n'aboyait pas, il m'appelait. Je n'ai pas su répondre, j'ai trahi sa confiance. Ça me pèse encore.

RENAÎTRE
À KUMAMOTO

Ce soir, je boxe à Grandmesse, un centre de congrès à l'est de Kumamoto. En tête d'affiche et à guichets fermés. Trois mille spectateurs sont attendus. Le nom de « Banna-san » a toujours un écho. Nasu, le promoteur du gala, est aux petits soins pour moi. J'ai un bon feeling avec les gens d'ici.

Ce matin, pour ma balade d'avant-combat, je suis allé me promener dans les rues de la ville. Au passage, je me suis offert deux couteaux à découper. Les lames japonaises sont incomparables. J'adore cuisiner. Trancher, sans faire mal. Saisir ou laisser mijoter. Oser transgresser des recettes, en inventer, aussi. J'ai récemment régalé un ami cher avec une joue de bœuf à la vietnamienne – à l'anis et à la cannelle. Huit heures de cuisson, autant de passion. Avant sa première bouchée, j'avais le trac, une boule dans le ventre. Quand j'ai senti qu'il appréciait, ça m'a rasséréné.

En sortant de l'échoppe du coutelier, j'étais joyeux comme un gamin. Je marchais, absorbé par mes rêveries culinaires, lorsque des passants sont venus m'aborder pour me demander un selfie. Je n'aime pas intimider les gens. Je sens parfois qu'il leur faut rassembler leur courage, alors je tente de me montrer prévenant. Et si ça dure trop, je ferme la boîte à sourire. Je prends mon ton guttural, façon oyabun. Cette voix de chef yakuza m'a souvent permis de préserver un peu de ma tranquillité, et elle m'amuse. Ici, au Japon, je suis devenu célèbre sans avoir essayé de l'être. Rentrer chez moi peinard à Étretat, anonyme, ça m'allait bien.

Dans les rues de Kumamoto, la vibration matinale était si bonne que j'ai eu envie de m'asseoir sur un banc pour regarder passer les gens. Comme un môme au ciné, avant de me poser, je me suis payé une gourmandise. Un *taiyaki*, une gaufre moulée en forme de poisson, fourrée à l'*anko*, de la pâte de haricots rouges. En savourant mon *taiyaki*, j'ai repéré une *mama-san* au coin de la rue. Elle vendait des légumes sur sa charrette de maraîchère. Je me suis levé pour aller la voir. Elle avait des bottes de petits oignons verts magnifiques, bêchés le matin même dans son jardin.

Elle a d'abord semblé surprise que je m'intéresse à son étal. Puis je l'ai sentie fière. Elle m'a souri. Ses yeux dégageaient une belle lumière. Ça m'a fait du bien. Je lui ai dit « *Gambate kudasai !* » (« On y croit, on se bat ! »). Elle m'a répété « *Gambate kudasai !* », en serrant le poing. On s'est marrés.

Kumamoto, c'est à deux heures de voiture de Nagasaki, la ville où, le 9 août 1945, a explosé la deuxième bombe atomique américaine. Il y a bientôt quatre-vingts ans. Ma *mama-san* n'avait pas loin de cet âge, peut-être même plus. Près de deux millions et demi de Japonais ont perdu la vie lors de la Seconde Guerre mondiale. Les traumas de la guerre, comme les radiations, ça imprègne les familles pour des générations.

Ma mère était une femme de l'après-guerre. Elle a été élevée à la dure. Si je n'ai pas souvenir de son amour, je n'ai jamais oublié ses mots : « Faut pas se plaindre mon garçon, c'est du temps de perdu. »

Un jour, tout gosse, j'étais passé la voir au boulot. Ses patrons m'avaient dit : « Votre maman, elle est en titane. » Je leur avais répondu : « On est des Le Banner, on est durs comme du fer. » Mouais.

Les Japonais, eux, sont de vrais durs. Ils se sont relevés tant de fois des pires calamités : deux bombes atomiques, des tremblements de terre, des tsunamis, ou encore l'accident à la centrale nucléaire de Fukushima, en 2011... Bien que forgée dans la dureté, l'âme japonaise s'est étoffée de poésie. La résilience, ici, est cellulaire et organique. Elle est même devenue un art : le *kintsugi*. Dans cette pratique, on répare les poteries. Tout ce qui a été brisé peut revivre à nouveau. Pas juste être réparé, remis en état, consolidé ou redevenir fonctionnel. Non, dans le *kintsugi*, ce qui a été brisé peut devenir plus beau encore, enluminé par de l'or.

Il y a deux jours, je suis monté sur les hauteurs du château de Kumamoto. Ça grimpait sec, je soufflais fort. Le palais est bâti sur la roche, il offre une vue grandiose, ses remparts semblent imprenables. Je me suis imaginé dans la tête d'un hallebardier, d'un fantassin ou d'un archer se préparant à l'assaut, en contrebas. Où puisaient-ils leur courage ? Qu'allaient-ils chercher en eux ?

Il n'est pas de citadelle éternelle. La terre a grondé, ici, et adressé ce rappel : le 14 avril 2016, à 9 h 26 du matin, un séisme de magnitude 6,2 a secoué les contreforts. Le lendemain, la réplique fut plus intense encore : magnitude 7,3. Une partie du château est en réparation. « Impermanence de toutes choses », disent les bouddhistes dans leurs sutras.

Si proche de Nagasaki, Kumamoto a survécu. Et la région est aujourd'hui en passe de devenir une nouvelle Silicon Valley. TSMC, le géant taïwanais des semi-conducteurs, vient de s'y installer. Un tas d'autres entreprises ont suivi, générant un afflux d'emplois. La vie a repris.

J'aime le Japon. Peut-être qu'au fond, ce pays tellurique me correspond. Sur une terre instable, les Japonais ont trouvé leur assise. Moi, j'essaye de vivre sur les failles sismiques de mes humeurs et de mes émotions. Les séismes qui me remuent sont attendus mais imprévisibles, créateurs d'une énergie folle autant que ravageurs.

Je suis pressé d'être à ce soir, de monter sur le ring. Je me demande ce que je lirai dans le regard des gens.

DANS L'ARÈNE DU K-1

Quand j'ai découvert le Japon, en 1995, j'étais un moine guerrier, pas un explorateur. Je suis arrivé à Tokyo en mission, pour combattre. C'était mon premier voyage à l'étranger et j'ai eu le sentiment de débarquer sur une autre planète : ces néons qui scintillaient dans la nuit, ces voitures carrées, minuscules. Un environnement à la *Blade Runner*.

Ce qui m'a le plus marqué, c'est l'attitude des gens, leur courtoisie quand ils s'inclinaient devant moi, ultrapolicés. Au-delà de la forme, je les sentais vibrer à l'intérieur, même s'ils s'efforçaient de ne rien laisser paraître. Ils me percevaient bien plus qu'ils ne m'observaient. Un coup d'œil leur suffisait à capter une multitude d'informations sur moi. J'ai adhéré à leur manière d'utiliser leur vision périphérique, ça m'a rassuré de sentir à quel point ces ultracivilisés avaient su conserver une part d'animalité.

J'avais été invité à combattre par le K-1, une ligue de kick-boxing qui réalisait de belles audiences à la télévision japonaise. Elle se déclinait en épreuves diffusées sur pas moins de trois networks différents : Fuji TV, Nihon TV et TBS. Le concepteur du K-1, Kazuyoshi Ishii, avait imaginé des affrontements entre hommes forts, comme les sumos de jadis, mais délestés du poids de traditions et de codes millénaires. Ishii était un maître de karaté de la région d'Osaka qui avait fondé son propre style, le *seidokaikan*.

J'avais 22 ans, je vivais au Havre et j'avais un petit pedigree en full-contact, le sport de combat que je pratiquais : dix rencontres pour autant de victoires. Le K-1 cherchait les meilleurs poids lourds, partout sur la planète. Hollandais, Sud-Africains, Brésiliens, Néo-Zélandais... Un intermédiaire en relation avec cette organisation m'a dit :

« Tu peux encaisser ses coups dans les jambes, toi ? » « On verra. » Pour estimer ce que je valais, Ishii m'a d'abord proposé un premier combat, face au Thaïlandais Nokweed Devy, le 3 mars 1995.

Je n'avais jamais combattu en kick. Dans la famille des boxes pieds-poings, c'était un cousin plus violent, radical. Le full, venu des États-Unis, autorisait les coups de pied hauts au visage, ce qui le rendait spectaculaire, mais interdisait les coups sous la ceinture. Le kick-boxing s'inspirait de la boxe thaïe – dont il avait juste supprimé les coups de coude –, permettant de s'affronter à coups de poing, de tibia, de genou.

Afin de m'endurcir, je me suis mis à la boxe thaïlandaise chez Robert Rite, à Rouen. Sa salle est devenue mon petit Bangkok, j'y enchaînais trois entraînements par jour. Entre chaque séance, je faisais des siestes sur une natte posée au sol. Ma plus grande force a toujours été mon pouvoir d'autosuggestion, colossal. Me faire des films m'a mené au bout du monde. La prochaine étape, c'était le K-1.

Je m'entraînais comme un mort de faim. Pour m'affûter les tibias, j'enchaînais les coups à pleine puissance sur un sac de frappe de quatre-vingts kilos, si dur qu'on l'aurait dit rempli de gravier. J'engageais bien les hanches, pour démultiplier l'intensité de chaque impact. Pour travailler mon cardio, je rafalais à fréquence répétée les paos, gros boucliers de cuir que me tenait le coach. Mes tibias ont morflé, entre bleus et œdèmes. J'allais chez mon médecin de famille me faire ponctionner une substance jaunâtre, du liquide synovial. Il m'en siphonnait assez pour remplir des seringues de 25 millilitres. « Personne ne s'inflige ça », me disait-il. Moi, ça me donnait le sentiment d'être fort. C'est ainsi que fonctionne un boxeur : il a besoin de se dire qu'il en fait plus que son adversaire. Penser « *pendant ce temps-là, les autres ronflent* » aide à se lever à l'aube pour avaler cinq kilomètres de footing.

Nokweed Devy était un nom de la boxe thaïlandaise. À sa grande époque, il avait été champion du Rajadamnern Stadium de Bangkok. Une institution. Il s'était imposé face aux meilleurs dans trois catégories de poids différentes. C'était un guerrier de l'âge d'or du muay-thaï. Il est mort le 31 août 2016, lors d'un entraînement dans sa salle de boxe en Thaïlande. Ça m'a fait un choc. Il avait 51 ans. Paix à son âme.

Quand on s'est affrontés, Nokweed Devy avait 30 ans. Il avait accepté le combat malgré plus de vingt kilos d'écart. Par respect, j'avais fait un régime. J'étais sec, autour de cent kilos. Je boxais en gaucher, inspiré par mes lectures de Bruce Lee. De quoi cacher un peu mon jeu et mes forces, compliquer les données pour mes adversaires. On a boxé cinq rounds, les juges m'ont désigné vainqueur aux points. J'avais « passé le cut » du K-1.

Ma prestation sur le ring a plu à Kazuyoshi Ishii et à Kunio Kiyohara, le directeur de production de Fuji Television. Kiyohara était un professionnel influent, maîtrisant le narratif télévisuel.

Deux mois plus tard, ils m'ont invité à reboxer au Japon, inscrit directement dans le tournoi du

K-1 Grand Prix. Les combats se déroulaient en une soirée au Yoyogi National Gymnasium, dans le quartier de Shibuya. En arrivant, j'ai découvert une marée humaine : le stade était comble, rempli par 13 500 spectateurs. L'ambiance était particulière, rien à voir avec la cacophonie des enceintes sportives en Europe. Au lieu de cris épars, l'assistance se manifestait par des « oh ! » ou des « wouah ! » lancés à l'unisson. Cette cohésion amplifiait, densifiait l'intensité des réactions du public. Des frissons m'ont parcouru l'échine.

Je me retrouvais là, moi, Jérôme Le Banner, habitant au 91 rue de Montréal, au Havre. Les rêves, ça permet d'aller loin ! Les miens étaient peuplés d'histoires d'Indiens. Je les ai toujours préférés aux cow-boys. Leurs tambours, leurs danses pour se préparer au combat me transportaient avec puissance, me remplissaient d'énergie.

Pour l'occasion, j'ai débarqué à Tokyo avec une nouvelle coupe, une iroquoise, assortie d'une plume d'aigle sur l'oreille. De Jérôme, je suis devenu « Geronimo ». Ça restera quand, plus tard, je signerai des autographes par milliers. Jamais je n'aurais imaginé ce qui allait m'attendre dans les années à venir. Car ma carrière s'est construite avec l'essor du K-1, qui n'allait pas tarder à prendre une dimension plus gigantesque encore. Un jour, je boxerais au Tokyo Dome devant 75 000 spectateurs scandant mon nom à l'unisson. Je deviendrais « Banna-san » ou « the K-1 Bancho ».

En ce 4 mai 1995, j'étais juste un jeune mec frétillant d'attendre l'appel de son nom, dans un vestiaire. Pour ce baptême du K-1, j'ai pris de plein fouet la pression du Yoyogi Stadium. Le premier combat m'opposait au Japonais Masaaki Satake, un karatéka venu du *seidokaikan*.

Face à lui, j'ai d'abord eu du mal à lâcher mes coups mais, au troisième round, il est allé au tapis sur une gauche au visage. Pas le temps de fêter ça : moins de deux heures plus tard, il me fallait enchaîner par un deuxième affrontement, contre Mike Bernardo, un Sud-Africain originaire du Cap. Il avait joué au rugby et, à force de se faire expulser pour des bagarres sur le terrain, il s'était reconverti dans la boxe. On a livré un combat brouillon, avec de nombreux accrochages, mais j'ai fini par lui briser les jambes grâce à mes low-kicks. Il est allé au sol au deuxième round. KO.

J'aimais bien Mike Bernardo. Pendant des années, il s'est battu contre la dépression. Certains disent qu'il avait contracté le HIV. Il s'est donné la mort en 2012, à l'âge de 42 ans. Il avait deux enfants. Paix à son âme.

À cette époque, je n'avais pas le temps de mesurer ce qu'il en coûte d'être un guerrier. Tandis que Mike était toujours au sol, j'étais allé l'aider à se relever. J'avais la bouche encore ensanglantée par l'impact de ses coups. Ça peut sembler paradoxal aux yeux des néophytes, mais l'expérience du ring renforce l'humanité des boxeurs. Les gens sont surpris de voir deux adversaires qui se donnaient la misère une minute auparavant se tomber dans les bras, s'enlacer.

La douleur du combat, la violence qu'on y déploie achèvent de nous purifier de tout sentiment mesquin. Sur le ring, on s'ennoblit à coups de poing. En corps-à-corps, on a entendu l'autre souffler, on l'a senti souffrir, on mesure à quel point il est notre égal. On a perçu son âme au fond de ses yeux. La catharsis du combat te vide de toute haine. Je n'oublierai jamais le regard de Mike Bernardo. Hélas, on ne rattrape pas le temps. Et en ce 4 mai 1995, il me fallait tracer ma route, rester concentré sur mon tournoi. Invité mystère créant la surprise, je me retrouvais propulsé en finale face à Peter Aerts.

Lui, c'était un client. Il avait remporté le tournoi l'année précédente, se faisait appeler « le Bûcheron hollandais ». Il s'entraînait au Chakuriki Gym, un club mythique d'Amsterdam. Dans les années 1990, cette ville était un haut lieu du kick-boxing mondial. Deux clubs s'y tiraient la bourre : le Chakuriki et le Mejiro Gym. L'équivalent de la rivalité qui oppose, dans le foot, le Real Madrid et l'Atlético.

J'étais fasciné par les récits que j'entendais sur les combattants hollandais. Le plus emblématique était Rob Kaman. Il avait une gueule, un physique, une histoire. Il avait joué au foot à l'Ajax

Amsterdam, puis bifurqué vers les sports de combat après un séjour d'un an et demi en prison pour un braquage. Parti se mettre au vert en Thaïlande, il y avait découvert le muay-thaï et était devenu une légende de cette discipline. On l'aperçoit au cinéma au côté de Jean-Claude Van Damme. Rob, lui aussi, nous a quittés, le 31 mars 2024. Il avait 63 ans. Paix à son âme.

Sur le ring du Yoyogi Stadium, je n'affronterai pas que Peter Aerts, mais également Rob Kaman et toute la mystique des combattants bataves. Ça faisait beaucoup de monde dans ma tête, pas mal d'émotions à gérer. Moi, je n'étais personne. Pourtant, je n'ai pas voulu esquiver. J'ai lâché un low-kick d'entrée dans les jambes d'Aerts. Pour l'impressionner autant que pour me rassurer. Je n'avais que quelques semaines de muay-thaï à mon actif. C'était bon, j'encaissais le choc.

Aerts a tourné, pris le temps d'observer ce nouveau venu. Il avait la confiance de son côté. J'ai mis un front-kick. Il a cassé la distance, annihilé ma puissance. Sans danger pour lui. Il analysait ma façon de réagir, mes automatismes, à quelle fréquence je déclenchais mes séquences de coups.

Puis il a tenté de m'acculer dans un coin. Là, j'ai remisé une série de poings puis balancé un low-kick en sortie d'échange. Pour occuper son esprit, j'alternais mes attaques en ligne haute ou en ligne basse. Je ne voulais pas qu'Aerts me sente fuir le combat rapproché aux poings et surtout devine que j'avais des raisons de le faire : deux heures plus tôt, en demi-finales, Mike Bernardo m'avait fracturé le nez.

Je montais mes poings. Aerts avait du métier : il a vu que ma garde était haute mais ouverte. Il m'a piqué d'une droite au sternum. J'ai mis un genou au sol, le souffle coupé net. L'arbitre a stoppé l'affrontement. La frappe était limite... *Faut pas se plaindre mon garçon, c'est du temps de perdu.* Je n'ai pas bronché. Cette attitude a plu au public japonais. Et quand l'arbitre a levé le bras de Peter Aerts, je n'ai pas laissé la déception m'emporter.

J'étais tellement content d'être là, moi le mec en qui personne ne croyait. En finale du K-1.

LA MÂLE DOMINANTE

C'est ma mère qui a fait de moi un guerrier. Elle a nourri ma colère, par ses absences, mais pas seulement. Je l'ai vue courageuse, souffrir en silence. Malade, déshydratée, elle humait la vapeur d'eau qui montait du seau de la femme de ménage. Sur son lit de mort, j'ai eu besoin de lui demander : « Mais pourquoi t'as fait un gosse si c'était pour pas t'en occuper ? » Elle était en oncologie, à La Salpêtrière ou à Georges-Pompidou, je ne sais plus. Cancer généralisé. Elle mourait de partout. Un médecin m'avait annoncé le diagnostic fatal. Mon père était présent. Il a encaissé, sonné, avant de se réfugier dans le déni. Il a demandé au docteur : « Dans deux semaines, elle pourra rentrer ? On pourra profiter des vacances ? » Moi, j'étais prêt à la voir partir mais, avant, je tenais à lui dire ce que j'avais sur le cœur. Pas des reproches, juste me délivrer d'un poids.

Elle m'avait eu tard. Au départ, les gens croyaient que j'étais une fille. Un bébé tout blond, avec des bouclettes anglaises. Je ne lâchais jamais un mot. Je détestais qu'on me tripote et, dès qu'on me touchait, je balançais une claque. Ma mère se confondait en excuses. Un jour, elle m'en a mis une. Je n'ai plus jamais recommencé. Elle aurait aimé avoir un deuxième enfant. Elle est allée consulter un médecin. J'ai tout chamboulé dans le cabinet. « Pas besoin d'en avoir un autre, madame Le Banner. Celui-ci en vaut dix ! »

Chaque matin, à 7 h 30, elle me déposait chez la nourrice, dans un quartier différent, et revenait me reprendre à 19 h 30. Du coup, j'étais un inconnu dans celui où je vivais. Impossible de me faire des copains. Une tante qui me gardait parfois me disait : « Regarde, ta mère ne s'intéresse pas à toi. » À 8 ans, comment savoir ? Par la suite, je découvrirai qu'elle finissait le boulot beaucoup plus tôt, vers 16 h 30. Elle allait chez le coiffeur, passait voir sa couturière. Se faisait confectionner des tailleurs. Elle aimait être tranquille, avait besoin de vivre. Je ne faisais pas partie de ses plans. Mon père, lui, était chauffeur routier. Pas souvent là, il rentrait le vendredi. Je me suis habitué à ne plus l'attendre. Je me suis construit dans la solitude, avec un sentiment d'abandon et de rejet. Ça m'a endurci, a développé ma colère.

Des années plus tard, j'apprendrai que la situation était plus complexe que ça. Si ma mère m'avait confié à une nourrice, c'était pour aller se faire soigner sur Paris. On lui avait greffé un rein. Pour rien au monde elle ne se serait apitoyée sur elle-même. Ma mère ne se plaignait jamais. Mais pourquoi ne m'a-t-elle rien expliqué ?

Ma mère avait connu la guerre, subi les bombardements des Alliés pour raser Le Havre, en septembre 1944. Elle avait eu peur, seule avec sa propre mère et son petit frère. Son père, ancien marin, était prisonnier en Allemagne.

Ma grand-mère Odette était aussi une femme forte, du petit peuple. Un personnage. Employée de maison chez des notables, elle avait pris un bouchon de champagne en pleine face et portait depuis un œil de verre. Elle avait été mal soignée. Du Zola. Elle a tenu la baraque, dans Le Havre dévasté. « Profite de la guerre car la paix sera terrible », dit une chanson de La Souris déglinguée. Pas faux : l'après-guerre a été si dur qu'avec un tel dénouement, les gens du Havre en sont venus à regretter l'Occupation.

Chez mes grands-parents, les louches de soupe qu'on versait dans l'assiette étaient comptées. Ma mère est issue de cet univers-là. Elle était grande, toujours tirée à quatre épingles. Au grand dam de ses parents, elle est tombée folle amoureuse de mon père. Lui était bel homme, un athlète, il était boxeur et coureur cycliste.

Un destin brisé. Dans les années 1950, après la longue Occupation allemande, plus personne en France ne voulait entendre parler de la guerre. Les gens avaient envie de vivre, mais à 20 ans, mon père a été convoqué sous les drapeaux. En guise de service militaire, il a été envoyé en Algérie, où se livrait une guerre qui ne disait pas son nom. On appelait ça les « événements ». Une boucherie que mon père a vue de très près. Comme il était baraqué, il a été enrôlé dans un régiment parachutiste. Les troupes de choc. En ce temps-là, la technologie des parachutes était rudimentaire. Lourd, costaud, il s'est fracassé au sol à plusieurs reprises. Il en a gardé sur les genoux des cicatrices pareilles à des fermetures éclair. Il avait le dos en miettes, les coudes abîmés. Et tant d'autres traumas invisibles. À son incorporation, on lui a donné en dotation une dague de combat. Avec cette injonction : « Tuer des bicots. » Ça l'a brisé, mon père. Ce qu'il a vu, on ne s'en remet pas. Il n'en parlait jamais. C'était un Breton taiseux. J'ai glané quelques bribes. L'ai vu picoler, surtout. Et traîner son mal-être. Les fantômes sont des créatures assez fidèles.

Il avait « servi » la France. À son retour, personne ne lui a donné un coup de main. Il s'est trouvé un boulot de chauffeur routier, calait ses cent trente kilos dans son camion. Partir l'aidait à moins ressasser.

Mon grand-père maternel me disait parfois : « De toute manière, tu n'es qu'un Le Banner. » Il n'aimait pas mon père. Je me sentais déjà *gaijin*, étranger au sein des miens. Mon refuge à moi, c'était la cabane de l'imaginaire. Tout môme, avec Alexandra, ma cousine préférée, on s'était construit une « cabane » sous la table du salon chez nos grands-parents. J'étais Tarzan, elle était Jane. Un jour, j'ai bondi pour attraper le lustre comme on saisirait une liane. J'ai tout ravagé. J'étais un bon à rien. Un Le Banner.

Ma mère bossait comme quatre. Elle avait démarré ouvrière chez Europe Épargne, un entrepôt de vente par correspondance où les gens payaient en timbres. Elle a fini cadre, gérant les expéditions et les ressources humaines. C'était une énorme bosseuse, elle ne lâchait jamais rien. Elle tenait la baraque, seule, vu que mon père était tout le temps parti.

L'affection, ce n'était pas son truc. En revanche, elle veillait avec attention à mon bulletin de notes. Il fallait que je me débrouille pour faire mes devoirs. J'ai toujours été un enfant curieux, avide de connaissances, mais je détestais répéter tel un perroquet. « Tu vas apprendre tes leçons, oui ? » Elle me faisait réciter, un martinet à la main. Indexait le barème des coups en fonction de mes notes. Elle me foucttait sur les bras et les cuisses. Je ne voulais pas lui faire voir que j'avais mal, alors je souriais. Ma relation à la douleur date de là. J'ai retrouvé un jour ce tic chez les boxeurs thaïs : ils sourient chaque fois qu'ils encaissent un coup monumental. Ma mère, elle, détestait que je prenne ce rictus. Ça la rendait dingue. Un jour, elle m'a coursé dans le jardin. J'ai détalé sans regarder et je me suis pris une branche d'arbre en plein visage. Une autre fois, j'ai découpé les sangles de cuir du martinet pour que les coups fassent moins mal. De nouveau, elle m'a couru après. Cette fois, j'avais un plan : j'ai filé me planquer sous le sapin.

Elle menaçait en permanence de m'envoyer en colonie de vacances à Valloire, en Savoie. C'était pour moi la punition suprême. Je ne connaissais personne, là-bas. J'ignorais comment on faisait pour se lier d'amitié. Je préférais rester chez moi. La colo, c'était l'horreur. La literie usagée qui pue la pisse, les odeurs de javel dans les armoires.

J'ai un côté canin, mon monde est d'abord un univers olfactif. Je sens mes interlocuteurs. Tous. C'est aussi ce que je remarque en premier chez une femme, le parfum. Je perçois l'odeur de mes adversaires. Je crois que quand je me suis égaré dans la coke, il y a quelques années, c'était pour ne plus sentir les choses.

J'étais un môme turbulent. Je posais un tas de questions, je cavalais dans tous les sens. Je devais être saoulant. Demander de l'attention, c'est chercher un peu d'affection. Ma mère n'était pas disponible. Mon père non plus. Je n'ai gardé aucune photo d'eux, je n'aime pas vivre avec le passé. Il y a des mecs que j'ai combattus dont je ne me rappelle même plus le nom. Les photos peuvent me plonger dans des émotions trop douloureuses.

Un soir, mon père est rentré à la maison l'œil vitreux. Il avait encore picolé. Ils ont eu des mots. Il a tenté de lever la main sur ma mère. J'ai empoigné un couteau de cuisine et bondi sur lui. « Maintenant tu bouges ! » J'ai lu de la tristesse dans ses yeux. Une lame, il savait ce que ça pouvait faire. Après cet épisode, ma mère l'a pris par le bras pour le conduire chez le médecin. On lui a prescrit des cachets. Avec ce traitement, il vomissait dès qu'il picolait. Il s'est mis à boire du Pacific et de la Tourtel. Il voulait guérir de la guerre. Il gobait ses pilules même si elles ne soignaient pas son âme.

Par amour. Car il aimait ma mère. Il lui préparait des petits plats, l'attendait pour aller dormir. Sur son lit de mort, elle m'a dit : « Avec ton père, on a eu des hauts et des bas mais il ne m'a jamais lâchée. »

Elle était une « mâle dominante », lui s'était laissé dompter. Il en avait eu son saoul, du combat et des conflits. Il voulait vivre tranquille. Parfois, la violence remontait en lui. Quand il avait bu, il ne fallait pas qu'un gars s'approche trop près de ma mère, sinon il avait le poing facile. Elle en a eu marre. « C'est la boxe ou moi ! » Mon père n'était pas un méchant. Il est rentré dans le rang.

L’ENFANCE DE L’ART

Dans la cour de l'école élémentaire Flavigny, au Havre, je n'avais pas de copains. À la récréation, je jouais avec les fourmis, j'aimais les prendre dans mes doigts, leur parler parfois. J'avais du sucre dans les poches pour leur donner à manger. Il m'est aussi arrivé de détruire leurs galeries, par besoin de comprendre l'organisation de leur monde, leurs réactions.

Un matin que la cloche avait sonné, j'ai foncé pour les retrouver. Dans mon empressement, j'ai bousculé une petite fille. Séverine. J'étais un grand gaillard, costaud, brutal. Pas malveillant, plutôt maladroit. Atteint de dyspraxie, j'avais du mal à coordonner mes mouvements. Courir après un ballon au foot, ça ne m'allait pas. À cause de moi, la tête de Séverine a cogné une vitre en plexiglas. Elle a eu l'arcade ouverte, en sang. Je ne savais plus où me cacher.

Ma mère a été convoquée par le directeur. J'ai regardé Séverine dans les yeux. Je me suis excusé. Pas seulement avec des mots, j'y ai mis tout mon cœur. Plus tard, on est tombés amoureux. Je me souviens lui avoir offert une statuette de Napoléon, rapportée de Corse.

À la suite de cet incident, ma mère m'a inscrit au judo. Mon premier contact avec le Japon. Dans les années 1980, cet art martial avait fait une percée phénoménale en France. La moindre ville avait son dojo. J'ai découvert cet univers où l'on portait un « kimono », le judogi. Au début et à la fin du cours, on saluait la photo de Jigoro Kano, le fondateur. Le regard d'un sage, un air de batracien. Il avait l'œil perçant. On répétait des mouvements aux noms japonais. Le judo était plus qu'un sport : une école du comportement.

Au début, j'y allais parce que ma mère me forçait. J'avais entraînement chaque mercredi et samedi. Les dimanches, c'était compétition. Tant pis si je préférais rester à la maison regarder *Winnie l'ourson*. En judo, j'étais doué. J'ai été ceinture marron à 12 ans. J'ai glané quelques médailles, aussi. En six années de pratique, j'ai beaucoup appris avec Jean-Claude Quellien, un prof plus qu'un coach. Un sensei qui, par la suite, est devenu arbitre régional puis s'est spécialisé dans l'enseignement du judo aux personnes à handicap mental. Lorsqu'on s'entraînait, il insistait sur la notion de combativité. Il a renforcé mon goût de ne jamais rien lâcher. « On a subi un *yuko*, c'est pas grave ! On vise l'*ippon* ! » Il était dur, ça m'allait bien.

Le Japon était pas mal présent, aussi, chez la nourrice à qui ma mère m'avait confié. Chez elle, j'avais le droit de regarder *San Ku Kaï* sur Antenne 2. C'était le feuilleton incontournable. Des épisodes de vingt-cinq minutes inspirés d'un manga, avec des cyborgs, dans un univers de science-fiction, influencé en plus par les films de samouraïs d'Akira Kurosawa. Sitôt rentré à la maison, seul dans ma chambre, je mettais un masque de plongée sur mon visage, un tuba dans ma bouche et je montais sur la commode. Elle devenait mon vaisseau spatial... À la télé, je dévorais *Olive et Tom, Jeanne et Serge*, des mangas japonais autour du foot et du volley. Ou encore *Juliette, je t'aime*, dont le titre original japonais était *Maison Ikkoku*.

Dans la France de mon adolescence, à la fin des années 1980, le Japon imprégnait la rétine et infusait par les oreilles. Mes parents étaient des ouvriers parvenus à s'élever un peu socialement. Nous n'étions plus pauvres mais loin d'être riches. Nous partions trois semaines au camping en caravane, l'été. Le luxe avait l'accent japonais. Je rêvais d'avoir une montre Seiko. Le top des chaînes hifi c'était Akai, un nom qui claquait bien. On fantasmait sur le nouveau magnétoscope Sony, les télés Hitachi ou les appareils photo Nikon. Le Japon, mis à genoux après les deux bombes atomiques d'août 1945, s'était redressé et vivait un boom économique qui faisait rêver le monde entier. Je connaissais toutes ces marques japonaises, leurs sonorités, même si, dans les magasins, je ne touchais qu'avec les yeux. Il y avait aussi les consoles Nintendo, les jeux Konami. Je n'avais rien de tout ça, juste mon imagination. Ma mère interdisait les posters sur les murs de ma chambre.

J'étais un élève curieux, attiré par le savoir. Je m'intéressais à un tas de sujets. À l'école, malgré des soucis de dyslexie, j'étais bon élève. J'ai cependant grandi avec une incapacité à dire les choses. Je bégayais, je parlais trop vite, comme si j'avais peur de dépasser mon temps de parole. Quand tu essayes de t'exprimer aussi rapidement que tu penses, forcément ça ne peut pas aller.

On n'avait pas d'ordinateurs. Je me plongeais dans la lecture de magazines spécialisés dans les sports de combat. Je dévorais *Karaté Bushido*, qui proposait tous les mois de grands reportages sur les arts martiaux du monde entier : le karaté d'Okinawa, le kung-fu chinois, le penchak-silat indonésien, le kali philippin... Je restais des heures à décrypter la moindre photo.

Au départ, j'étais davantage attiré par la Chine que le Japon. Je me rêvais moine du temple Shaolin, ces prêtres guerriers mythiques, inventeurs du kung-fu. Ils s'étaient inspirés de l'observation des animaux: le singe, le tigre, la mante religieuse, le héron et d'autres étaient chacun à l'origine d'une méthode de combat. Moi, lorsqu'il a été question de choisir une orientation après le collège, j'ai souhaité intégrer un lycée agricole. Je rêvais de bosser dans les Eaux et forêts, être proche de la nature.

Je chipais les pots de fleurs de ma mère pour les porter à bout de bras, puis je fléchissais les jambes en position *kiba-dachi*, le « cavalier de fer ». Je restais ainsi de longues minutes pour éprouver mon endurance, ma résistance à la souffrance. Ces exercices répétés m'ont donné des cuisses et des fessiers puissants.

Je me suis fabriqué un monde intérieur. Quand je rencontrais quelqu'un, je lui disais que j'étais un enfant adopté. « Je m'appelle Jérôme mais je suis né en Chine, dans la province du Henan, où se situe le temple Shaolin. » J'avais les yeux en amande, ça renforçait la crédibilité de mon histoire. J'y croyais tellement que j'embarquais les gens. Bien plus tard, à l'âge de 19 ans, quand j'ai eu le droit à ma première interview dans ce même magazine, *Karaté Bushido*, j'ai ressorti ma fable au reporter : j'étais chinois, né dans le Henan, de parents inconnus.

À 13 ans, un après-midi, seul dans ma chambre, j'ai vécu une expérience étrange. Mystique. Tout d'un coup, je me suis senti lourd. Je me suis laissé aller au sol. Ma tête a glissé sous le bureau en bois que m'avait installé ma mère. J'ai comme entendu un message : « Il faut que tu aies ton chemin pour chemin. » Je n'y comprenais rien. Ça m'a trotté dans le cerveau pendant trois ans, sans vraiment que je réalise ce qui m'était arrivé.

Cette phrase étrange me reviendra en pleine face des années plus tard, quand je serai à Paris. J'adorais alors me rendre au BudoStore, rue de la Montagne-Sainte-Geneviève, au Quartier latin.

Une librairie spécialisée dans les arts martiaux. On y dénichait des pépites. Là, je suis tombé sur cette maxime de Bruce Lee : « *Using no way as a way, having no limitation as limitation.* » J'y trouvai le sens des mots qui étaient venus me visiter.

ITINÉRAIRE MARTIAL

En cachette de ma mère, je me suis inscrit à l'âge de 17 ans au full-contact, une forme de boxe pieds-poings qui faisait fureur. Et la France comptait une légende : Dominique Valera. Il possédait des techniques de jambes extraordinaires, était spécialiste des balayages. Il avait une telle aura que Delon et Belmondo l'avaient fait tourner dans des films à leurs côtés.

Valera était un ancien karatéka qui avait basculé dans le full-contact après des incidents lors de championnats du monde à Long Beach, en Californie, en 1975. Il s'était embrouillé avec le corps arbitral et avait déclenché un début de bagarre générale. En ce temps-là, le karaté imposait un contrôle total des coups au visage. Mais son adversaire avait simulé une frappe pour l'emporter sur disqualification. Voir un tricheur être sacré champion, ça avait mis Valera hors de lui. Il était fils de réfugiés espagnols, il avait le sang chaud.

À son retour, il n'avait pas été soutenu par la fédération française. Par calcul politique, elle s'était couchée devant la fédération internationale et l'avait radié. Une infamie. Pour tous ceux qui pratiquaient les arts martiaux, Dominique Valera restait un héros. C'est pour suivre ses pas que je me suis inscrit au full-contact au Havre. Je mesurais un mètre quatre-vingt-dix, j'approchais le quintal. J'aimais bien la dimension de «contact». Plus tôt, après le judo, à 12 ans, je m'étais inscrit au karaté. J'avais même passé ma ceinture jaune, sans être emballé. Telle qu'elle était enseignée en France, cette discipline exigeait le contrôle des coups. Mais il était étrange de pratiquer un sport de combat, de pousser des cris tout en ayant l'interdiction de toucher son adversaire. Des années plus tard, au Japon, j'allais découvrir le *seidokaikan* ou le *kyokushinkai*, des styles de karaté plus durs, réalistes. Adoptés par les *bad boys* et les yakuzas, qui ne retiennent pas leurs coups.

À 18 ans, je me suis inscrit dans une compétition de karaté light-contact sur Paris. Mon père, lui que je ne voyais pas souvent, m'y a conduit en voiture. On a pris la route tous les deux, ce matin-là, direction le stade de Coubertin, porte de Saint-Cloud. Je l'ai senti heureux. Je l'étais moi aussi mais j'ignore si j'ai vraiment su savourer cet instant-là.

La pesée avait lieu à 11 heures et on n'est pas restés longtemps : j'ai été éliminé dès le premier combat. J'avais mis le mec KO. Le light contact, c'était le Canada Dry du karaté. On pouvait, au pire, souffleter l'adversaire. Moi, je lui avais balancé ma jambe avant dans la tronche. *Out!* « C'est quoi cette bande de cons ? » a éructé mon père. En tant qu'ancien de la boxe anglaise, il avait déjà du mal à voir des mecs frapper avec leurs pieds. « C'est de la danse ? » Me voir disqualifié pour avoir mis un type KO, c'était trop compliqué pour lui.

J'ai perdu mon combat mais compris quelque chose. Mon adversaire s'entraînait chez Daniel

Rennesson, le précurseur du light-contact en France. Ce club avait une avance technique énorme, surtout sur nous qui étions de province. Ses combattants étaient des virtuoses des jambes. Ils auraient pu écrire leur nom au tableau une craie entre les doigts de pied. Grand bien leur fasse. Moi, j'avais compris que pour faire la différence chez les lourds, je ne devais pas uniquement me reposer sur ma puissance. Si mon gabarit était un acquis, je devais surprendre les mecs avec de la vitesse, boxer en mobilité.

J'avais été fasciné par les longs métrages de Bruce Lee, diffusés sur La Cinq, la nouvelle chaîne privée que le milliardaire italien Silvio Berlusconi venait de créer en France. Bruce Lee, à l'écran, ça a été un choc. Je me suis mis à lire ses ouvrages en anglais car ils n'étaient pas publiés en français. Ses livres sont plus immenses encore que ses films.

Partout où j'ai habité, j'ai toujours eu un portrait de lui. Comme un autel. Je le vénère, lui et ceux que j'appelle mes « guides ». C'est ma spiritualité. En

2004, alors que je venais de rencontrer Mike Tyson à Las Vegas en vue d'organiser un affrontement, j'ai pu prendre un vol pour Seattle afin de me recueillir sur la tombe de Lee Jun-fan, le vrai nom de Bruce Lee. C'était un initié. Ancien danseur de cha-cha-cha à Hong Kong, bien plus qu'un acteur de film de castagne, il fut un expert du combat, un stratège qui avait beaucoup réfléchi à son art. Un visionnaire.

En avance de plusieurs décennies, il a prédit le MMA à l'heure où les arts martiaux mixtes n'existaient pas. Il y avait un tas de chapelles : les sports de percussion (boxe ou karaté) ne se mélangeaient pas aux disciplines de préhension comme la lutte ou le judo. Mais Bruce Lee avait une vision totale du combat. Dans son film *Opération Dragon*, en 1973, on voit une scène d'entraînement de MMA, avec des gants de boxe en forme de mitaines pour la saisie.

Bruce Lee a fait bien plus encore : en incarnant la figure de l'homme asiatique au cinéma, il a fait tomber des murs. On ne voyait jamais de Chinois dans les longs métrages américains, ils avaient été occultés par Hollywood. Les Chinois d'Amérique avaient du mal avec leur passé : leurs ancêtres avaient été exploités comme coolies pour construire le chemin de fer. Bruce Lee leur a rendu leur fierté, à eux et tous les Asiatiques, ce en pleine guerre du Vietnam. Son aura fut telle qu'il a été admiré jusqu'en Afrique, en Amérique du Sud – et même en Normandie, par des mômes tels que moi. Subversif, il fut un modèle d'émancipation.

En prônant l'adaptation à tous les styles, il a fondé le sien : le *jeet kune do*, l'art du « poing qui intercepte », une fois qu'on a appris à *lire l'adversaire*. Ce sens de l'anticipation demande énormément d'investissement. L'entraînement seul ne suffit pas. Pour que ça se change en instinct, il faut accepter que ce réflexe s'installe en toi au point de devenir animal. Comme Bruce Lee le préconisait, je me suis mis à adopter une garde de gaucher alors que j'étais droitier. Ça m'a pas mal réussi par la suite.

Un lundi matin, la voix de Bruce Lee est venue de nouveau résonner dans ma tête. « Tu perds ton temps. Écoute, tu n'auras pas dix opportunités: va là ou ton intuition t'appelle...» J'étais interne au lycée agricole d'Yvetot, en Seine-Maritime. Ce message m'a remué pendant tout le trajet en bus. En arrivant, je suis allé voir un pion: «Monsieur, faut faire comment pour être viré?» Il m'a expliqué qu'on devait écoper de trois gros avertissements dans la même journée. J'ai filé en salle de technologie. Sur une paillasse en carrelage étaient entreposés des tubes à essai, des éprouvettes, des burettes, des becs Bunsen et un tas d'autres ustensiles pour les travaux pratiques. J'ai tout envoyé valser par terre et j'ai renversé les tables.

On m'a convoqué chez le proviseur. Je me suis rendu docilement dans son bureau. Je n'en voulais à personne mais il y avait comme un dragon prêt à surgir de moi. «Le Banner, je vous exclus une semaine!» J'avais raté mon coup. Il se montrait clément alors que je voulais me barrer de là. Être exclu définitivement, sans sursis. «Puisque c'est comme ça, je vais recommencer!» Le proviseur n'en revenait pas. Il m'a envoyé en heure de colle.

Sitôt arrivé en salle de permanence, j'ai balancé sur une table un énorme *kakato*, un coup de pied marteau. Elle s'est désintégrée sous l'impact.

Le lycée a fait appeler mes parents. J'étais toujours furieux de n'être viré qu'une semaine. Mon père est venu me chercher en voiture, ma mère l'accompagnait. Il a commencé à m'aboyer dessus. Je lui ai mis une pichenette dans l'épaule. Puis j'ai bousculé ma mère. Je n'en voulais pas, de cette vie-là !

Je me suis enfui. J'ai dormi dans une écurie. Au réveil, j'ai pris le train pour Paris. Gare Saint-Lazare, j'ai trouvé refuge dans un local à vélos. Je n'avais qu'une idée en tête : consacrer ma vie au combat.

Je suis allé rencontrer Rennesson à sa salle de boxe, rue de Nazareth. « Bonjour, je me suis fait exclure volontairement de mon lycée, je veux faire de la boxe américaine mon métier. » Daniel était un homme courtois. Il m'a gentiment fait comprendre que je n'y arriverais jamais. Il est décédé le 31 mars 2015. Paix à son âme.

Je suis aussi allé taper à la porte de Richard Dieux, une autre légende des sports de combat qui, après avoir brillé en full-contact, a été pionnier du kick-boxing. Richard a été plus explicite : « Tu es blanc, français : je te le déconseille. » À l'époque, les types qui cartonnaient étaient noirs ou hollandais. Richard m'a pris pour ce que j'étais : un rêveur. Lui-même a fait l'acteur, incarnant un boxeur dans *Le Bar du téléphone*. Richard avait son mal-être. Il s'est donné la mort en 2008. Paix à son âme.

J'ai quitté Paris pour rentrer au Havre. Ma mère était partie travailler. À la maison, j'ai retrouvé mon père. Il avait été mis d'office en préretraite, à cause de son penchant pour l'alcool. On a un peu parlé. Il a voulu me donner de l'argent. J'ai refusé. Il avait dans ses relations quelqu'un qui pouvait me filer un job à temps partiel. J'ai accepté. Je suis devenu cantonnier. Je coupais les roseaux autour du pont de Normandie pour assainir les berges.

Mon père connaissait mon caractère, il sentait que quelque chose découlerait de tout ça, que je finirais par trouver ma voie.

À L'HYPER
ET AU ROADHOUSE

Après la finale du K-1 en 1995, ma première défaite face à Peter Aerts, je rentre en France, dans le petit pavillon ouvrier où vivent mes parents. J'ai un sac de sport à la main, avec 50 000 dollars en billets dedans. « Mon fils ! » Ma mère n'avait pas cru en moi. Là, c'était du concret. Même si, de mois en mois, elle avait tout de même fini par saisir à quel point j'étais résolu à réussir dans le combat. Je filais droit, je me préparais sans répit. Je me levais à l'aube pour aller m'entraîner.

J'ai quitté la maison de mes parents pour occuper un petit appartement au Havre. Afin de payer le loyer, vivre et manger, je cumulais plusieurs boulots : vendeur dans un magasin de sport de la galerie commerciale d'Auchan. Certains jours, j'y bossais aussi en tant qu'agent de sécurité. Le vendredi et le samedi, sitôt sorti, j'allais faire un footing car je savais que je n'allais pas pouvoir m'entraîner. J'embauchais à 22 h 30 comme portier d'une boîte de nuit rurale. Une ambiance façon *Roadhouse*, le film avec Patrick Swayze. On avait parfois de grosses embrouilles avec des équipes de foot ou des mecs de quartier.

C'est un monde particulier, la nuit, et le métier de videur est très exposé. Un soir, un gars a frappé sa copine. Je suis intervenu pour le ceinturer. Il a voulu jouer les vaillants. Là, j'ai dû lui en coller une pour le calmer. Sa copine s'est jetée sur moi. Elle a pris une tarte. À un moment donné, c'est trop... Je gagnais 250 francs (40 euros) pour bosser de 23 heures à 5 heures du matin. J'allais me coucher à 6 heures.

J'ai tenu comme ça trois ans. Ma petite amie d'alors, Lydia, a dit à ma mère : « À ce rythme, il va crever ! » Pas besoin de vitamines. Je suis naturellement speed. Le feu ne soigne pas le feu, il me faut plutôt de la verveine ou de la camomille. Mon corps réclame le sommeil mais ma tête est en permanence en éveil.

Je mesure à quel point les temps ont changé. Aujourd'hui, des mômes qui font trois séries de pompes se postent en vidéo sur les réseaux sociaux sans aucune gêne. J'en ai vu un qui préparait son premier combat de MMA en se filmant comme dans une production Netflix, montrant tout de sa vie, depuis son bol de céréales au petit déjeuner. Avant d'aller à l'armée, pour mon service, je courais chaque matin à 5 heures, sans que personne ne me voie. J'étais en mode moine Shaolin, bol de riz et douche froide. Habité. À fond dans l'entraînement.

Mon truc, c'était de surmonter la douleur. J'ai commencé à la dompter avec des étirements. J'avais acheté un écarteur de jambes pour travailler mes grands écarts, facial et latéral. Un instrument en aluminium, que j'ai toujours. « Un engin d'équarrisseur », disait mon père. J'avais aussi installé une poulie et une corde : je glissais ma cheville dans un nœud coulant et tirais comme un âne.

La douleur, j'allais la chercher, j'avais quelque chose à lui signifier. Je m'étais confectionné un *makiwara*, une planche de bois couverte de paille de riz. Un ustensile venu de l'île d'Okinawa, au sud du Japon, qui sert à endurcir les *kento*, les têtes de phalanges. Les miennes étaient devenues calleuses.

À un moment, malgré le boulot et les entraînements, il m'est arrivé de ne pas manger, pour faire le ramadan avec Houari, un voisin que ma mère aimait bien. Il tentait d'arrêter les conneries, de se remettre dans le droit chemin par la religion. Je me levais à 4 heures pour avaler un morceau avant le lever du soleil.

Elle avait vu tout ça, ma mère, avant même que je lui rapporte le sac avec les 50 000 dollars dedans. Moi, l'argent me faisait peur, ça me filait des sueurs. Je détestais avoir à compter les billets, donc je lui ai demandé de s'y coller. À la maison, elle faisait office de commissaire aux comptes. Pour éviter que mon père picole, elle lui serrait la ceinture. Parfois, elle s'installait à cette même table où j'avais posé le sac, attrapait un papier, un stylo et lançait: « Bon, je vais faire les comptes de la semaine. On récapitule tout depuis le début: la viande du mardi, le poisson du vendredi... » Elle prenait la tête à mon père pour 1 franc.

En ce temps-là, si l'on voulait changer des dollars, il fallait monter à Paris. J'ai demandé à ma mère de venir avec moi. Mais plus encore que par l'argent, elle avait été impressionnée par les cassettes vidéo de mes combats rapportées du Japon. « Oh Jérôme, tout ce monde qui t'acclame... » J'étais pourtant discret sur ce que je faisais là-bas. Par modestie plus que par cachotterie. La boxe, que ma mère avait, au départ, vécue comme un drame, est devenue, je crois, une fierté. Je n'oublierai jamais ce jour où je l'ai vue arriver vers moi et me dire: « S'il te plaît, mon Jérôme, peux-tu me faire un petit autographe pour la coiffeuse? »

L'ÉTERNITÉ
ET LE NÉANT

C'est grâce à ma gauche que j'ai mis Peter Aerts KO, en 1999. Ma victoire face à lui a surpris tout le monde. Elle a changé le regard sur moi, m'a fait passer du statut de prospect à celui de mec avec qui il fallait compter.

Cette année-là, j'ai pris une autre dimension au sein du K-1. Et je suis peu à peu entré dans le cœur des Japonais. La task force marketing du K-1 l'a repéré et a accompagné le mouvement. Banna-san a commencé à être décliné en peluches, en jouets pour enfants... Car le K-1 était un show télévisé qu'on regardait en famille. Diffusé le dimanche en fin d'après-midi, c'était le bon timing pour un petit shot de tension dans les foyers – histoire de rappeler que, le lendemain, lundi, il y avait boulot. Il allait falloir se montrer combatifs. De fait, le K-1 était un divertissement qui plaisait aussi au monde de l'entreprise. Les sponsors se bousculaient pour signer les combattants, les faire tourner dans des pubs. Ici des chips, là une soupe de nouilles ou une bagnole surpuissante. Si le K-1 était déjà une belle réussite en termes de show, j'y ai apporté une touche rock'n'roll. Les fans japonais avaient envie de tensions entre les boxeurs. D'habitude, les conférences de presse étaient lisses. Chacun disait respecter son rival, annonçait qu'il donnerait le meilleur de lui-même, souhaitait bonne chance à l'autre. Moi, c'était tout le contraire: « J'ai pas d'amis. » Je n'aimais pas sympathiser avec mes adversaires.

Avec mon équipe, on déambulait en bande dans les rues de Tokyo. Il y avait Ali Sadok, Rani Berbachi, Philippe Gomis, Gilles Arsène, Stéphane Nikiema... Un soir, dans le métro, on a été à deux doigts de se cogner avec l'entourage de Mirko « Cro Cop » Filipović, des Croates.

Sur le ring, j'étais un assassin. Mais après que mon adversaire était tombé, je venais voir s'il allait bien. Les journalistes me questionnaient sans cesse sur mon esprit de tueur. En interview, j'étais cash. Et je répondais aux e-mails des fans. Je leur parlais en anglais quand ils venaient à mon hôtel. Beaucoup se disaient fascinés par ma capacité à extérioriser mes humeurs comme mes pensées. L'un d'eux m'a déclaré un jour que s'exprimer aussi librement était un art de vivre. On m'a surnommé « le Bancho ». À l'école, c'est le mauvais élève. Dans le dictionnaire, c'est le « chef des délinquants, celui qui est le plus fort à la bagarre, valorise l'honneur et la bonté humaine, prend bien soin de ses hommes et ne tolère pas les brimades à l'égard des plus faibles. » Ça m'allait bien. Et ça semblait plaire aux Japonais.

J'ai découvert avec amusement ma tête sur une figurine en plastique, un petit bonhomme articulé façon Lego. Avec son short indien, ses gants de boxe et sa houppette blonde sur le crâne. C'est la coupe de cheveux que j'avais lorsque j'ai battu Peter Aerts, le 12 mai.

Depuis un moment, j'avais conscience d'avoir de la foudre dans les poings. Juste avant d'affronter Aerts, j'avais défait Matt Skelton à l'Osaka Dome. Cet Anglais avait été champion d'Europe et challenger WBA en boxe anglaise, le « noble art ». Plus tard, il boxera même Anthony Joshua, champion unifié chez les professionnels. Skelton était un gros encaisseur qui n'avait jamais été mis KO. Je l'ai couché dès le premier round, sur une gauche.

Quelques mois plus tôt, j'avais failli quitter le kick-boxing. Depuis des semaines et des semaines, Don King me relançait, insistait pour me faire signer dans son écurie. C'était le promoteur de boxe le plus puissant au monde. Un personnage. Reconnaissable entre mille, avec sa coupe afro dressée vers le haut.

Don King venait de la rue. Il était originaire de Cleveland, dans l'Ohio. Né en 1931, il avait buté son premier mec d'un coup de flingue à 23 ans. Il avait été relaxé après avoir plaidé la légitime défense car, face à lui, ses agresseurs étaient trois. À 35 ans, il a rossé à mort un type qui lui devait 600 dollars. Cette fois, il a écopé de quatre ans de prison. À sa sortie, pour se faire du fric, il a bricolé dans différents domaines avant de s'immiscer dans l'organisation d'événements de boxe.

Malin, il s'est rapproché de Muhammad Ali. Le combat de légende face à George Foreman au Zaïre, « The Rumble in the Jungle », en octobre 1974, c'est lui. Il n'avait pas un sou mais a promis à chacun 5 millions de dollars. Il est allé solliciter le « président-maréchal » Mobutu, trop heureux de voir Kinshasa devenir le cœur de la planète, objet de l'intérêt des télévisions du monde entier. Don King a organisé l'affrontement dans un stade où il a réuni 100 000 spectateurs. Il était plus qu'un promoteur, un prestidigitateur.

Ce tour de force et sa relation avec Muhammad Ali lui ont ouvert toutes les portes. King a développé son business et signé les meilleurs poids lourds américains. Il jouait sur la fibre « fraternité black » pour convaincre les boxeurs afro-américains de bosser avec lui. Pour mieux occulter aussi le côté tordu de ses contrats.

« Je vais faire de toi le Big White Hope (le Grand Espoir blanc) », m'a dit Don King. En poids lourds, la plupart des titres de champions étaient détenus par des Noirs. Les Blancs qui avaient un grand gabarit préféraient le basket ou le football américain. En boxe anglaise, je n'étais personne, je n'avais rien prouvé. Mais King et ses conseillers avaient identifié un truc : en me prenant dans leur cheptel, ils souhaitaient s'ouvrir des parts de marché, ramener à la boxe une frange du public WASP, celui qu'on trouve aujourd'hui dans le MMA. Moi, à titre personnel, le label « Grand Espoir blanc » ne m'excitait pas des masses. Mais bon, l'Amérique, ça ne se refuse pas. Je suis allé y goûter.

En 1998, me voilà donc parti m'entraîner chez Don Turner, un coach de légende, qui s'occupait d'Evander Holyfield, double vainqueur de Mike Tyson. Entre Don Turner et moi, ça collait bien. Je l'ai même fait venir au Havre, sur mes terres, pendant un mois. Grâce à lui, j'ai réalisé d'immenses progrès, dans mon assise et mon jeu de jambes, mes enchaînements, ma précision et mes angles de frappe.

King a commencé par me dégotter un premier combat en anglaise, dans une petite réunion en Caroline du Nord, en avril 1998. J'ai gagné, en un round, face à Jerry Reynolds, un mec sans pedigree. Deux mois plus tard, je boxais un autre inconnu à Tallahassee, en Floride.

Avec King, l'Amérique me paraissait sucrée et sentait la vanille. Il savait séduire, maîtrisait l'art de l'emballage. Il avait fait d'Holyfield un roi. Alors, comme on visite un appartement témoin, j'ai été invité chez le champion, dans sa maison de la banlieue sud d'Atlanta, à Fayetteville, Géorgie. Le hall d'entrée s'ouvrait sur deux escaliers façon Opéra Garnier. Son salon, c'était Versailles, on pouvait y servir une centaine de convives. Il y avait aussi un théâtre d'une capacité de 130 places et une salle de bowling. Des pièces à ne plus savoir compter, dont douze chambres à coucher. Une piscine intérieure en marbre. Une autre, à l'extérieur, si grande qu'on aurait pu y baigner deux épaulards. Des écuries, un terrain de base-ball, un parc de 42 hectares…

Don King me proposait, pour un seul combat, l'équivalent de ce que je gagnais en un an avec le K-1. Les choix de carrière, je ne connais pas. J'ai toujours été gouverné par le cœur. J'aimais bien Don Turner, je progressais à ses côtés, mais les entraînements en Caroline du Nord, au milieu des champs de maïs, ça me déprimait. Le Japon me manquait. J'ai eu besoin de le retrouver.

J'ai fait mon retour au K-1 en 1999. J'ai été invité au tirage au sort déterminant les poules du prochain tournoi opposant huit combattants.

Peter Aerts était le gars que tous les mecs voulaient éviter. Il restait sur une série de dix victoires, dont neuf avant la limite. Aerts m'avait battu la première fois en finale du Grand Prix en 1995. Deux ans plus tard, en 1997, il m'avait mis KO avec un high-kick à la tête, au deuxième round. J'avais pris cher.

À l'annonce de leur nom, inscrit sur un petit papier dans une boule prête à être piochée, tous les boxeurs ont rentré la tête dans les épaules et se sont tassés sur leur siège. En voyant ce cirque, j'ai jeté un regard à Philippe Gomis, mon coach. Il m'avait compris. J'ai demandé à affronter Aerts. Tout le monde a été surpris, Aerts a pensé que j'étais fou et il a souri : « C'est la première fois que quelqu'un réclame de se battre contre moi ! »

Ma démarche a pris une proportion dingue dans les médias japonais. Les réseaux sociaux n'existaient pas. On ne comptait pas les *likes* comme des épiciers. Mon « audace » a déchaîné la passion du public. Encore aujourd'hui, vingt-cinq ans après, des Japonais me reparlent de ce défi lancé à Aerts. Certains assimilaient ça à de la flamboyance.

Je n'ai pas agi par forfanterie ou pour faire le malin. Juste par cohérence : je ne m'étais pas mis aux sports de combat pour raser les murs. J'ai toujours préféré embrasser l'adversité plutôt que la fuir.

Le soir de l'affrontement, Aerts est monté sur le ring en patron, au son de la bande originale de *Pulp Fiction*. Il portait sur les épaules une veste de bûcheron qui annonçait la couleur. Le Tokyo Dome était à guichets fermés, bondé : 74 500 spectateurs ! L'Américain Michael Buffer, le *ring announcer* vedette de Las Vegas, officiait au micro. Cette nuit-là, l'épicentre de la boxe était à Tokyo.

Entre Peter et moi, il n'y a pas eu de round d'observation. On s'est rentré dans la gueule de suite. Quinze secondes après le gong de départ, il m'a foudroyé avec un high-kick en pleine tête. Sous l'impact du coup, j'ai vacillé, avec l'impression d'avoir été frappé par une batte de base-ball. J'ai mis un genou au sol. Posé les poings sur la bâche du ring. Je me suis relevé, tant bien que mal. J'ai titubé vers l'arrière.

L'arbitre s'est précipité pour se planter devant moi. Il fixait mon regard, cherchait à voir si j'étais apte à repartir au combat. Il s'est mis à égrener le décompte fatidique, jusqu'à huit. J'ai levé les poings, des yeux je lui ai fait comprendre que je pouvais continuer. Aerts était dans son dos, il sautillait. Impatient. Prêt à m'achever. J'ai monté les mains bien haut, remisé comme je pouvais avec mes poings. La tête en vrac, dans le brouillard.

Aerts a encore tenté de me cueillir avec un high-kick à la face. Je l'ai bloqué avec mon avant-bras. Dans une action confuse, il m'a poussé au sol. Je me suis relevé. J'ai essayé de tenir le choc en avançant, pour ne pas subir. Surtout ne pas me recroqueviller. Pas question de le laisser prendre plus d'ascendant.

Lui était impatient de me terminer. Tellement qu'il a commis l'erreur d'accepter des échanges dans un coin du ring. Sur un enchaînement, je l'ai ajusté avec un crochet gauche à la mâchoire. Si puissant que sa nuque a vrillé.

Aerts s'est effondré comme une masse. Une minute de combat venait de s'écouler et le favori était au tapis. Le Tokyo Dome a explosé dans un mélange de cris, de hurlements et de rugissements. C'est devenu un grondement, comme si un train traversait la salle. Les murs et l'enceinte tout entière se sont mis à vibrer. C'est comme si des ondes m'avaient irradié jusque dans les os. Puis un flux d'adrénaline monstrueux m'a parcouru la moelle, a coulé à haut débit le long de mon rachis. J'étais le réceptacle d'une énergie tombée du ciel, elle filait vers le sol, un effet cage de Faraday. Envahi d'un sentiment de puissance absolue. J'ai écarté les bras en croix, triomphant. C'était donc ça que procurait la victoire ? Une chimie intérieure intense et totale.

Je suis revenu à moi. J'ai tenu à aller réconforter Aerts. J'ai levé son bras en signe d'hommage. Il ne m'a pas regardé. Je le comprends. Il était ailleurs, emporté par d'autres flux. Reclus dans la crypte des vaincus, dans ce tréfonds du monde que j'ai connu.

Robert Lee, l'assistant de Don Turner, m'a posé une serviette sur les épaules. J'avais terrassé Peter Aerts, c'était colossal. Mais il me fallait encore affronter un combattant en demi-finale. J'étais juste qualifié. Cette intensité extraordinaire que je venais de vivre de tout mon être, je devais l'oublier. Redescendre. Me recentrer pour le prochain défi qui m'attendait, dans une heure et demie : me mesurer à Ernesto Hoost, un autre Hollandais, tout aussi redoutable. Il avait remporté le Grand Prix deux ans plus tôt.

Revenu au vestiaire, une fois ma température corporelle retombée, j'ai senti à quel point le high-kick à la tête m'avait endommagé. Sur le coup, gorgé d'adrénaline, j'avais continué à combattre. Mais mon intégrité physique avait été éprouvée. Je me sentais brumeux mentalement, fatigué physiquement et vidé spirituellement. Empli par le sentiment du « devoir accompli ». Il allait m'être compliqué de me remobiliser.

La boxe, c'est aussi de l'art dramatique, alors je suis reparti au combat avec ma *poker face*, un visage que je pensais impassible. À l'appel de mon nom, je suis sorti du vestiaire et j'ai traversé le Dome.

Je suis arrivé le premier sur le ring. Il m'a fallu attendre Hoost. Patienter sans cogiter, sans me dissoudre. Soudain, le Tokyo Dome s'est retrouvé plongé dans le noir. Le speaker a hurlé « Ernesto Hoost ! » et les haut-parleurs du stade ont retenti d'un chant tribal. Des incantations. Elles prenaient aux tripes, appuyées par des tambours lancinants. Hoost était né en Hollande mais il avait trouvé dans ce chant tribal du Suriname, le pays de ses parents, au nord du Brésil, une puissante force d'inspiration. Elle m'a intoxiqué, comme un poison à diffusion lente.

Il a avancé vers le ring d'un air résolu, concentré. Son visage n'était ni fermé ni ouvert. Pleinement dans l'instant. Moi, je naviguais encore quelque part entre le firmament et les limbes, entre l'ici et l'ailleurs. À grands coups d'injonctions intérieures, j'essayais de me motiver. J'ai détesté ce moment de latence. J'ai vécu la montée de Hoost sur le ring comme on attend une sentence.

Dès le début du combat, j'ai tenté de le bousculer, de mettre en avant ma puissance supérieure. Il me fallait me rassurer. J'ai lâché quelques séries courtes pour sentir si mes bras répondaient bien, avec une bonne pétillance explosive. J'avançais. Il tournait, se décalait. Lorsque j'enchaînais mes coups, il montait sa garde. Par deux fois, il est allé au sol, s'est relevé sans ciller, impassible malgré la grêle de mes poings : crochet gauche au corps, high-kick jambe arrière... Je variais mes attaques pour percer sa défense. Lui attendait, m'étudiait, analysait mes frappes, se préparait à la riposte. Il a commencé à bien lire mon timing, à me contrer dans le bon tempo. Il a réduit la distance, il se penchait vers l'avant les poings bien hauts, pour ne pas laisser la masse de mes bras prendre de la puissance.

En se protégeant, il me frustrait. Hoost est un combattant incroyablement intelligent. Il compensait son déficit de poids par son coup d'œil et sa vitesse, sa précision et une capacité à créer des angles. Je fatiguais, j'avais les bras lourds. Philippe Gomis me criait : « Monte les mains ! » J'ai commencé à rater ma cible. Hoost remisait derrière chacune de mes frappes par des contres qui me faisaient mal et entamaient ma confiance.

À la fin du premier round, je suis rentré dans mon coin, engourdi de fatigue. À l'appel du deuxième round, je n'avais pas récupéré. Hoost l'a senti. Il attendait l'ouverture. Au premier coup que j'ai déclenché, un low-kick sans conviction, il m'a contré d'une droite au larynx. Puis il m'a enchaîné avec une série de gauche-droite. Je suis resté face à lui, par orgueil. J'ai tenté de remiser, la tête dans le gaz. Lui allait plus vite, multipliait les coups. Et ça a été un déluge. Un de ses enchaînements de poings m'a fait chuter sur le flanc. J'ai tenté de me relever. Je suis retombé la face contre la bâche du ring. *Knock-out.*

Mon parcours s'arrêtait là, en demi-finale. Hoost a remporté le Grand Prix en s'imposant en finale face au Croate Mirko « Cro Cop » Filipović.

En deux heures, le temps de deux combats, j'avais goûté à la gloire. Soupçon fugitif d'éternité. Puis je suis retombé dans le néant. C'était la boxe. Le K-1 en était la quintessence.

ULTRAVIOLENCE

« Chaque fois que j'ai combattu face à Jérôme Le Banner, j'ai perdu dix ans de vie », a dit un jour Mark Hunt. On s'est affrontés à quatre reprises et, chaque fois, on a repoussé les limites de la violence. Âme contre âme, nos corps projetés dans un au-delà. Ensemble, on est allés visiter l'outre-tombe.

Sur le ring, on était deux chiens enragés. J'ai tenté de lui briser les jambes à coups de low-kicks. Lui me fixait droit dans les yeux, ne baissait pas le regard. J'avais besoin de sentir que je faisais mal à mes adversaires, de voir ce scintillement décliner dans leurs yeux. Quand ça n'arrivait pas, je paniquais, mon rythme cardiaque s'envolait.

Mark encaissait mes coups, remisait en contre après chacune de mes frappes. Il me fracassait la gueule de ses poings. Dans sa volonté absolue que la douleur ne s'installe pas dans son crâne, il me faisait penser à moi. Face à lui, je boxais mon double. Et ça me faisait peur.

Je l'avais battu aux points en juillet 2000. En décembre 2001, il a pris sa revanche, m'a infligé un sévère KO sur une droite. Juste avant qu'il ne me foudroie, je venais de lui enchaîner une série de coups de genou dans la face. Il avait encaissé sans broncher.

Cinq mois plus tard, début 2002, on s'est affrontés une troisième fois. En France, à Bercy. Le K-1 s'était exporté à Paris. Le guitariste Eric Clapton assistait au combat, au bord du ring. Je me demande ce qu'il a pensé de la sauvagerie dont Mark et moi étions capables. Ce soir-là, sans se concerter, on s'était décoloré les cheveux en blond. Mark et moi on était comme de faux jumeaux.

D'entrée, il a pris le centre du ring, fort de la confiance de sa dernière victoire par KO. Il m'empêchait d'avancer sur lui, refusait de reculer. On se méfiait l'un de l'autre. Dans ce genre de combats, la douleur physique n'existe presque plus. Ce qui te vide, c'est la lecture de l'adversaire, la concentration extrême qu'implique l'analyse du moindre de ses mouvements. Et le cerveau se met dans une autre dimension, l'analyse ne suffit pas. Il faut faire confiance à l'intuition et au corps lui-même, à ses automatismes. La boxe devient comme l'art du sabre dans un duel de samouraïs. Le premier qui dégaine s'expose au contre, au risque de se faire trancher la tête. L'intention nuit à l'intuition car elle fait taire la perception. Vouloir trop s'imposer à l'autre, c'est ne plus être apte à le sentir.

Mark et moi réunis, c'était près de deux cent cinquante kilos en furie sur le ring. Mais tout se jouait au micron. Chaque coup était un message envoyé à l'adversaire. On y exprimait notre dureté, notre colère, nos rages. En apnée, on cherchait de l'air. Le premier round a été intense. On l'a achevé à égalité, aucun des deux n'avait pris l'ascendant.

Au second round, je lui ai fait mal avec mes high-kicks et, alors qu'il rentrait dans ma distance, je l'ai ajusté d'un crochet droit à la pointe du menton. Il est tombé. L'arbitre l'a compté huit. J'ai pris confiance, rassemblé mes forces pour le terminer. J'ai enchaîné les coups. Mark était au bord du précipice. Avec l'énergie du désespoir, dans une sortie d'échange, il m'a piqué d'un uppercut du gauche. Je suis allé au tapis. Je me suis relevé tout de suite, en titubant. Je me tenais aux cordes du ring. L'arbitre m'a compté huit. Une dinguerie.

Alors Mark a fondu sur moi. Le dos contre les cordes, j'ai résisté à une grêle de coups. Je ne sais pas comment. Aveugle et sourd, quasi inconscient, j'ai basculé vers l'avant en enchaînant des coups de poing, de pied, aussi. Dans ces moments-là, on ne pense pas. J'étais mû par la volonté désespérée de ne pas tomber. Je me suis jeté dans l'affrontement, sans calcul ni stratégie, avec tout ce qu'il me restait d'énergie. Un truc venu du tréfonds de moi-même. Une gauche a touché Mark, il a basculé vers l'arrière. C'était comme entrevoir la lumière au fond d'un tunnel : je n'étais pas fini. Malgré la fatigue extrême, j'ai eu un regain de vigueur. Mark a commencé à reculer. Soudain, comme moi à peine quelques minutes plus tôt, il a basculé vers l'avant. Et délivré à son tour ce qui lui restait de force de vie. Lui aussi est devenu un volcan, libérant une colère tellurique qui s'embrasait face à la mienne.

Nous n'étions plus des boxeurs. Juste deux hommes ivres de désespoir, accrochés aux infimes fragments d'eux-mêmes. Les douze mille spectateurs de Bercy étaient debout. J'ai perçu leur énergie, comme un jet de napalm brûlant dans mon dos. L'air s'est fait plus rare. Le temps s'est ralenti. Ma jambe arrière est partie en l'air. A frappé la tête de Mark. Il est tombé. Il s'est relevé, nez en sang et regard de dément. Il a pris appui contre les cordes du ring, on aurait dit qu'il s'adossait à un transat tandis que l'arbitre le comptait huit. Le gong a sonné. Mark a levé la tête vers le ciel en fermant les yeux. « Fin de la deuxième reprise », a annoncé le speaker. Bercy était en fusion.

À l'appel du troisième round, Mark n'a pas repris le combat. J'ai regardé son coin, incrédule. J'avais réussi ça ? Moi, vainqueur d'un des plus immenses guerriers de sa génération ? Un homme-montagne. Je suis monté sur les cordes d'un coin de ring, triomphant. Je me suis senti grand. Je n'avais pas remporté un tournoi, un trophée ou je ne sais quoi, j'avais accompli un exploit.

On s'est affrontés une quatrième fois, sept mois plus tard. En demi-finale du K-1, je l'ai battu aux points. Mais il m'a fracturé l'avant-bras, juste avant ma finale face à Hoost.

Une nuit, alors que je buvais un coup avec des yakuzas, ils m'ont mitraillé de questions sur nos combats. De l'ultraviolence à l'état pur, une errance dans le mal dont ils faisaient un truc mystique. Mais aujourd'hui, Mark et moi sommes devenus amis. On a lancé ensemble une marque de téquila. J'ai appris à le connaître. La violence, lui appelle ça « l'affliction ». Une vie de rage. Il avait fait un premier séjour derrière les barreaux à l'âge de 15 ans, au milieu de détenus adultes. « Je préférais la prison à la maison », m'a-t-il confié un jour.

Ses parents venaient des îles Samoa, dans le Pacifique. Il a grandi en Nouvelle-Zélande, à South Auckland, les quartiers sud de la ville, près de l'aéroport. Un ghetto polynésien gangréné par les gangs, la drogue et la violence. C'est dans ce coin qu'a aussi poussé Jonah Lomu. Cet All Black qui semait la terreur sur les terrains de rugby a raconté un jour avoir vu son oncle être décapité à coups de machette, à South Auckland.

Il y a pire que la rue. Mark et ses frangins se faisaient tabasser par leur père. Et plus sordide encore : il violait leur sœur depuis qu'elle avait 6 ans.

Mark se battait partout, tout le temps. Un soir, dans un bar, il a corrigé, seul, une demi-douzaine de mecs. Il les a tous démontés un à un, tel « Jake le Haineux » dans le film *L'Âme des guerriers*. Un videur, en le voyant se défendre, lui a suggéré de s'essayer à la boxe. Mark a disputé son premier combat pour un pack de six bières.

Hunt et moi avons grandi aux antipodes, mais on est frères de colère.

LE SABOTEUR

«Le Banner est forfait en raison d'une mononucléose.» C'est ainsi qu'en décembre 2000 les médias japonais ont annoncé ma défection au Grand Prix du K 1. Je n'ai jamais contracté de mononucléose. Cette année-là, j'étais archifavori du tournoi, mais je n'ai pas eu envie de monter dans l'avion pour le Japon. Il m'était de plus en plus difficile de m'arracher à ma fille Victoria, venue au monde le 7 mai 1999. Et j'en avais assez de voyager. En trois mois, j'avais fait trois allers-retours pour le Japon, deux à Las Vegas. Stop!

Comme souvent, j'ai pris cette décision sur un coup de tête. Je m'étais pourtant préparé pour le tournoi, chez moi, en Normandie, où Ali Sadok m'avait rejoint. Le jour de notre départ pour Tokyo, je me suis réveillé d'une humeur maussade. On devait quitter Étretat à midi pour se rendre à l'aéroport Charles-de-Gaulle. Notre avion décollait à 18 heures. « Ali, dis-moi franchement, t'as envie d'aller au Japon ? » Il était fatigué par le début du ramadan et m'a répondu « Bof ». J'ai téléphoné aux assistants d'Ishii. Je leur ai raconté un bobard. Forfait.

Si, pour cette édition 2000 du tournoi, les bookmakers faisaient de moi le grand favori, à mes yeux, il n'y avait pas d'enjeu. Gagner pour gagner, ça n'a pas d'intérêt. J'ai besoin de défis pour me transcender. Quand l'adversité se dresse face à moi, je trouve des ressources insoupçonnées. Là, tout me paraissait facile, évident. J'ai passé mon tour. L'occasion se représenterait bien un jour. Je suis resté en Normandie, j'ai profité de ma fille, j'ai pu partager avec elle des moments d'éternité. Je ne regrette rien.

Une amie m'a dit une fois que j'étais le roi de l'autosabotage inconscient. Le K-1 avait pris beaucoup d'ampleur au Japon et dans ma vie. Être attendu était un poids trop lourd à porter. Je préfère surprendre, être l'outsider, celui que personne ne calcule. Mieux : celui en qui personne ne croit. En boxe, comme en amour, l'attente de la part de l'autre – des autres – pèse et fait dérailler.

En 2000 et 2001, j'avais enchaîné une grosse série : quatorze combats sans défaite. L'intranquille que j'étais a commencé à se relâcher, à se laisser envahir par un sentiment de facilité. À baisser la garde. Chaque fois que je rentrais en France, j'étais invité dans des fêtes sur Paris.

Le 8 décembre 2001, Mark Hunt m'a remis les pieds sur terre. D'un crochet du droit en pleine tête, il a mis fin à ma série de victoires, par un KO au deuxième round. Il a été l'instrument de mon châtiment. J'ai tendance à croire que tout ce qui m'arrive est une faute qu'il me faut expier.

La réalité, c'est que j'avais perdu ce combat dans les heures, les jours et les mois précédents. Un boxeur sent s'il est prêt ou pas. Il sait ce qu'il a donné à l'entraînement ou laissé filer en soirée. Tu peux mentir au monde entier, tu connais au fond de toi la vérité.

Le statut de favori, rien de tel pour se faire tuer. J'avais senti une pression hallucinante monter en moi. Depuis quelques mois, j'étais devenu la coqueluche du public japonais. Mon style offensif plaisait aux néophytes, ma personnalité sans filtre apportait du sel. Chacun de mes combats avait une dimension électrique. En juillet 1998, celui face à Sam Greco avait enflammé les quarante mille spectateurs du Nagoya Dome. Il m'avait envoyé au tapis au premier round mais j'étais reparti au charbon et l'avais mis KO dans la deuxième reprise. Avec Banna-san, il se passait toujours quelque chose et les audiences en bénéficiaient. Ma popularité avait atteint des sommets. Impossible de sortir dans la rue sans me faire arrêter par des fans. Des grappes de filles m'attendaient dans le lobby de mon hôtel. Je me souviens d'une gamine, accompagnée de sa mère. Elle arrivait de province, elle portait en permanence une petite valise. Elle disait « se réserver pour Banna-san », refusait de se marier. Une folie.

Cette notoriété me poursuivait jusque chez moi, en Normandie, où des fans japonais m'expédiaient des colis par dizaines. Ils connaissaient le prénom de ma fille, m'envoyaient de la layette, des cadeaux plus hallucinants les uns que les autres. Les Japonais ont peu de vacances, cinq à dix jours par an, tout au plus. Certains venaient en France pour voir la tour Eiffel, Montmartre et le Mont-Saint-Michel, en incluant dans leur circuit un détour par Sainte-Marie-au-Bosc afin de se prendre en photo devant ma maison.

Les journalistes nippons participaient à cette hystérie. Je n'avais jamais connu une telle armada de caméras autour de moi à l'approche du combat contre Mark Hunt, fin 2001. Ce qui a achevé de me faire imploser, c'est quand Kazuyoshi Ishii m'a pris à part pour me dire : « Il faut absolument que tu gagnes ! » Il m'aimait bien. Moi aussi je l'aimais bien. Sur certains aspects, il a été comme un papa pour moi. Mais lorsqu'il m'a déclaré ça, j'ai senti que c'était le chef d'entreprise qui s'exprimait. Et plus encore. Le poids de son attente, la peur de le décevoir m'ont empoisonné.

La veille du combat, pour me changer les idées, j'avais fait monter des filles dans ma chambre. Une fois qu'elles étaient là, je me suis ravisé. Je les ai congédiées sans ménagement. Je n'étais pas d'humeur à folâtrer.

Seul dans mon lit, je tournais et retournais sans cesse entre les draps. J'ai fini par me lever pour aller prendre un somnifère. J'ai attendu une demi-heure. Rien. Impossible de trouver le sommeil, ni même de m'assoupir. Alors je me suis relevé, et cette fois j'ai gobé cinq Théralène et trois Stilnox. Fallait que je me tue.

Le matin, au réveil, j'avais les yeux injectés de sang, la tête dans le gaz. Au premier round, j'ai défoncé Mark Hunt mais il a tenu bon. À la seconde reprise, je n'avais plus rien dans le sac. Ni son ni lumière... Après m'avoir bloqué contre les cordes, il m'a enchaîné par une série aux poings. Les bras de l'arbitre m'ont retenu au moment où je me suis effondré. Hunt s'était lâché sur une série, il avait boxé comme en apnée. Quand je suis tombé, il a ouvert la bouche, craché son protège-dents pour trouver de l'air. Il avait donné tout ce qu'il avait. Moi, il ne me restait plus rien. Trop-plein de fêtes. Après m'avoir détruit en quarts de finale, Hunt a remporté sa demie et puis la finale du K-1. Il l'avait bien mérité.

Plus tard, je me suis interrogé sur mon attitude, ma manière d'appréhender les choses. Certains psychologues du sport parlent de la « peur de gagner ». Je crois que j'ai un côté maso, ce besoin permanent d'alourdir ma charge. Combattre ne me suffit pas. Il faut absolument que je me mette dans des situations impossibles. J'ai lu un truc sur le complexe de l'illégitimité. Avec le peu d'amour que j'ai ressenti de ma mère, j'ai toujours eu cette soif d'en faire plus pour être « validé ».

Une amie chère m'a aidé à prendre conscience de ce que je suis, un hypersensible doublé d'un ultracérébral. Voilà pourquoi je n'ai jamais voulu mettre en place une stratégie de combat. Je me serais perdu en circonvolutions tactiques interminables. Me retrouver au pied du mur, ça me va bien.

« Ce qui t'a manqué pour remporter le K-1, c'est une équipe solide, m'a dit Ishii l'été dernier. Tu pouvais accomplir un exploit mais pas le répéter à trois reprises pour gagner le tournoi. Un coach stable t'aurait apporté de la constance. » J'ai souvent changé d'« hommes de coin ». Ernesto Hoost, qui a décroché quatre fois le K-1, a toujours bénéficié de l'appui de ses coachs, Johan Vos et Jan Plas, au Mejiro Gym. Ses mentors l'ont aidé à appréhender la colossale pression psychologique qui pèse sur un combattant.

Moi, je m'entourais de coachs qui étaient des amis, des frères d'armes, des conseillers, des frangins. Mais je n'en faisais qu'à ma tête. Je conservais ce fonctionnement individualiste avec lequel je m'étais construit. Au fond, je demeurais un loup solitaire qui s'enfermait dans les galeries obscures de sa tanière. Je ne livrais pas tout de moi à mon entourage. Je devais être infernal à gérer : solitaire ne supportant pas de rester seul. Ça complique ma relation aux femmes et, plus encore, mes relations sociales.

Souvent, je demandais à mes coachs de venir dormir avec moi. Ça a donné des situations cocasses. Un matin, une femme de chambre japonaise a ouvert la porte de ma chambre d'hôtel. Elle est restée stupéfaite, bouche bée, en me voyant à un bout du lit, tandis qu'à mes côtés ronflait Philippe Gomis. Deux colosses torse nu de cent vingt kilos, un Normand et un Guinéen. Ça lui a fait un choc.

J'ai besoin d'être seul et j'ai peur de la solitude. Johnny Hallyday m'a un peu aidé à dénouer cette contradiction intime. J'ai partagé quelques moments avec lui. Il aimait organiser des fêtes, sentir la présence et l'énergie des gens dans sa maison. Il lui arrivait aussi de ne pas se mêler aux invités. Il restait seul dans une pièce, à regarder un film. Je me suis reconnu en lui.

La scène est semblable au ring. La peur ne vient pas du public, ni même de l'adversaire. Lui, il est peut-être le seul élément rassurant. Comme nous, il a deux poings, deux genoux, deux tibias. Moi, ce que je redoute, c'est ce dialogue intérieur avec cet autre moi-même. Ils sont balèzes, les démons de l'appréhension, les fantômes de l'autodévalorisation.

Perdre un combat ne m'a jamais fait peur. J'ai la trouille de décevoir les autres, ceux qui croient en moi, ceux qui se projettent et attendent tant. La peur de mal faire. Cus D'Amato, l'entraîneur américain qui avait fait de Mike Tyson cette incroyable machine de destruction, lui disait ceci: « Ton adversaire ne sera jamais aussi puissant, vif et fort que dans ton imagination. » La peur ne vient pas de l'autre. Elle est là, à l'intérieur. Il faut se la coltiner. Sans se dissoudre.

Quelques minutes avant un combat, on fait face à sa vérité. On est réduit à l'essentiel, à ce qu'il reste de soi. J'ai emprunté tant de voies pour me soustraire à cette loi. Au tout début de ma carrière, par exemple, je fréquentais les salles de musculation. J'ai essayé la testostérone, un produit illicite qui aide à gagner de la masse musculaire. Un combattant du K-1 m'avait dit : « Tiens, je prends ça, du Dianabol. » J'ai avalé un cacheton par jour pendant cinq semaines. On m'avait encouragé : « Vu ton poids, faut en gober quinze ! » Heureusement, je n'avais pas écouté. Déjà, un seul cachet me faisait gonfler comme un bœuf.

Après cette cure de Dianabol, j'ai affronté le Suisse Andy Hug, le 12 septembre 1995. Je me suis fait laminer. Au deuxième round, mes muscles étaient tellement congestionnés que j'avais la sensation d'avoir des chaussures de ski aux pieds. Je n'avais plus aucune condition physique, zéro cardio, plus aucune force dans les poings. Andy était un sacré guerrier, lui aussi. Il est mort d'une leucémie foudroyante, le 24 août 2000. Paix à son âme.

La peur, il faut se résoudre à l'accueillir. Surtout ne pas la fuir, elle est précieuse. Elle met en alerte, pousse à sortir le meilleur de soi-même. Comme la colère, elle peut devenir un super carburant. Tout est une question d'équilibre pour que le remède ne se change pas en poison. L'important est de savoir rester dans la crainte de l'instant et non celle de l'après, ne pas penser aux conséquences. Se projeter trop loin est toxique. Trop de calculs sur les enjeux ou sur le résultat inhibent et dissolvent l'esprit du combattant.

J'ai adoré affronter mes peurs sur scène au théâtre. C'est moins violent que le ring, mais tout aussi intense. C'était en 2020. J'ai joué dans la pièce *Krach et Tremblement*, écrite par James-Ivan Schwartz et mise en scène par Mario Batista. L'intrigue se déroule dans une salle de marchés financiers, où un krach se produit en direct.

L'acteur Vincent Perez, que j'avais connu en bossant sur une adaptation au théâtre du roman de Steinbeck *Des souris et des hommes*, m'avait prévenu : « Tu verras, le théâtre, c'est un K-1 tous les soirs. » Il avait mille fois raison.

J'ai joué cinq soirs d'affilée au Lavoir moderne parisien, un beau théâtre dans le XVIIIe arrondissement à Paris. C'était juste avant le Covid, début mars 2020. En amont, je m'étais dit que j'allais profiter de cette expérience pour aller me promener, visiter Montmartre et le Sacré-Cœur chaque matin. Impossible. Entre l'adrénaline de la veille qui tarde à redescendre et le flip du soir qui monte inexorablement, j'étais pris dans le vortex de la pièce. Pas question d'aller jouer les flâneurs.

J'étais égaré en moi-même. J'engageais parfois la conversation avec des inconnus ou des employés de mon hôtel, comme des respirations, de petites trêves pour échapper à l'appréhension. J'avais toujours cette même voix de l'autodévalorisation qui me trottait dans la tête : « Tu n'es pas légitime sur une scène. » Tous ces gens avaient payé leur place pour assister à la pièce. Des motifs de pression, je m'en mettais des pelletées. Mon crâne était un poêle à charbon. Comment affronter le regard des spectateurs ? Pire encore, des amis aux yeux desquels j'avais à cœur de ne pas faillir ? Mathieu Kassovitz était venu me voir avec son père, Peter Kassovitz. Tout comme d'autres gens du milieu du cinéma.

Le théâtre n'était pas mon univers. J'étais pressé que ça se termine. En même temps, je prenais un plaisir fou à jouer. J'avais envie d'arrêter le temps. Le salut final est tellement plus fort qu'une fin de combat. On est envahi par un sentiment de plénitude. De communion. On boxe contre quelqu'un, on joue avec des partenaires. Les miens s'appelaient Aliénor Yzambart, Alex Bouchni, Arthur Cachia, Thomas Salsmann. La force d'un groupe, l'esprit d'équipe, le regard de l'éclairagiste, du régisseur... Ce partage, des satisfactions ou des frustrations, c'est très puissant.

Après un combat, on se sent si seul. La victoire, c'est un gâteau dans lequel tout le monde veut mordre. Mais la défaite, on te laisse t'étouffer avec.

DES CHIENS, DES YAKUZAS ET DES FLEURS

Goto-san était un oyabun, un parrain de la pègre japonaise. Il régnait sur mille cinq cents soldats du crime organisé. C'est lui qui a inspiré le chef yakuza de la série *Tokyo Vice*. Je l'ai rencontré plusieurs fois. Nous avons été réunis par notre passion des *tosa ken*, des mastiffs dont les Japonais ont porté l'élevage au rang d'art. Goto-san était curieux de savoir qui j'étais. À mon apogée, dans les années 2000, je cassais les mecs sur le ring.

Mais notre rencontre ne s'est pas faite aussi simplement que ça. J'avais commis une bévue en demandant à Sophie Yuri, la traductrice qui m'était affectée en permanence par le K-1, de m'aider à visiter un élevage. Elle m'en avait déniché un en plein cœur de Tokyo. Le propriétaire avait installé des *capsule boxes* pour ses chiens dans un hangar. Il les menait deux fois par jour en balade dans un parc tout proche puis il les ramenait. Un type bonnard, il m'a offert un collier de *tosa ken*, magnifique. J'étais ravi. Sauf que Sophie s'est fait réprimander par ses boss du K-1. L'éleveur était dans la mouvance d'un autre clan yakuza... « Pourquoi avoir entraîné Banna-san là ? Les meilleurs *tosa ken*, c'est nous. » Elle en avait oublié le réflexe corporate.

Peu de temps après, j'ai reçu une invitation, à mon hôtel. Un petit mot dans une enveloppe, des billets de train pour un lieu situé au pied du mont Fuji. Avec Ali Sadok et Rani Berbachi, mes entraîneurs de l'époque, on a pris le Shinkansen, le train à grande vitesse. On était confortablement installés, en train de somnoler. Soudain, les portes aux deux extrémités de notre wagon se sont ouvertes avec fracas.

Des gars habillés en costard sombre ont fait irruption. Le regard, c'est l'âme. Eux dissimulaient la leur derrière des lunettes noires. Des types pas très balèzes mais qui avaient de l'aura. L'un avait des choux aux oreilles, il devait être lutteur ou judoka. Un autre avait les *kento* (les têtes des phalanges) bien calleuses, signe d'une pratique assidue du karaté.

L'un d'eux a gueulé un truc sur un ton guttural. Un aboiement venu des tripes, amplifié par le thorax. Tous les passagers se sont levés, ont rassemblé leurs affaires pour déguerpir. Un des types s'est approché pour nous dire en anglais : « Vous serez à destination dans quinze minutes. La sortie se fera côté droit. Des voitures vous attendent. Vous monterez dans la première. Bonne fin de voyage. »

Nous sommes arrivés. J'ai oublié le nom de la station, pas le panorama magnifique qu'elle offrait : les architectes l'avaient pensée pour mettre en valeur le Fuji-san, qui dominait, majestueux, grandiose. Éternel.

Le convoi a démarré puis roulé à vive allure sur des routes en lacets. On a fini par s'arrêter dans la cour d'une grande maison de style occidental. Il a fallu se déchausser. L'endroit était immense. Au Japon, le luxe c'est l'espace. À Tokyo, certains cadres supérieurs vivent dans vingt mètres carrés.

Le salon s'ouvrait sur une interminable table noire, que prolongeait un long piano à queue. Ali et Rani ont échangé un regard qui m'a fait marrer. Ils ont grandi aux Oliviers, dans les quartiers Nord de Marseille. Ils se retrouvaient projetés dans un film. D'un pas tranquille, l'oyabun est arrivé, il s'est présenté en écartant les bras. Il avait le regard droit, derrière des lunettes à fine monture. Il devait avoir passé la soixantaine, était affûté. Élégant. Il a incliné la tête et souri: « J'ai une autre propriété à Hokkaido, la prochaine fois vous me ferez l'honneur de venir me rendre visite là-bas. » Il avait un côté félin dans sa façon de poser ses mots. « Je suis ravi de parler de *tosa ken* avec vous. » Il s'est assis en tailleur sur un canapé.

Il manquait deux phalanges à Goto-san. Elles avaient été tranchées par ses soins, selon le rituel yakuza. C'est ainsi qu'on assume une « défaillance à l'honneur». Je respecte tellement ça. J'avais mille questions à lui poser. J'ai préféré me taire et l'écouter. Il me regardait droit dans les yeux. À aucun moment je n'ai senti qu'il voulait se placer au-dessus de moi. Nul besoin. Instinctivement, j'avais manifesté une forme de déférence. Les chiens fonctionnent ainsi: ils identifient d'entrée le mâle dominant.

À Marseille, j'avais eu l'occasion de rencontrer Francis le Belge. Tout comme Jacky Imbert dit « le Mat » et quelques sommités corses. Comme avec Goto-san, j'ai senti une sorte de respect à mon égard, le désir de comprendre mon approche du combat. Ils m'avaient posé des questions sur mon entraînement, souhaitaient percer les secrets de ma préparation émotionnelle pour l'événement. Boxer devant 75000 personnes et des millions de téléspectateurs, ce n'était pas ordinaire. C'était mon job.

Goto-san m'a raconté son parcours. Il est né en 1942, peu après que les Japonais ont bombardé la flotte américaine à Pearl Harbor. Quand il a eu

2 ans, sa mère est morte dans un accident de train. La guerre a poussé son père, commerçant, à la faillite. Tadamasa Goto a grandi sans rien, élevé par sa grand-mère du côté de Shizuoka.

À 17 ans, il a rejoint une faction yakuza. À 20 ans, découvert la prison : deux ans et dix mois pour tentative de meurtre. Puis il a gravi les échelons dans la hiérarchie yakuza. Et en 1969, il a fini par créer le Goto-gumi, son propre clan. Il est devenu un parrain incontournable.

Son épouse est venue nous saluer. La cinquantaine passée, elle est apparue en robe de chambre, chaussée de mules de fourrure, une flûte de champagne à la main. Présentations courtoises. Elle ne s'est pas éternisée. Goto-san était curieux de savoir comment j'entraînais mes fila-brasileiro et mes bergers caucasiens. Les spécificités de chacun. J'en possédais huit, chez moi en Normandie. J'avais hâte d'aller visiter son élevage.

On s'est mis en chemin vers une autre aile de sa propriété, qui abritait une rangée d'une demi-douzaine de chenils. Devant chacun d'eux se tenait un type au garde-à-vous. Goto-san m'a présenté à l'entraîneur en chef, au masseur-kiné spécialement dédié aux chiens. Ceux-ci étaient magnifiques, dotés d'une belle encolure et d'un port de tête hiératique. Élevés avec énormément de soin et d'attention.

J'ai été surpris par des grognements qui n'étaient pas ceux d'un *tosa ken*. Plus ronds, plus sourds. Plus puissants. À quelques mètres, j'ai avisé une immense cage. « Pourquoi un ours ? » Goto-san s'est amusé de mon étonnement. Il m'a répondu, l'œil taquin : « C'est le seul animal qui mange même les os. »

On est revenus dans son vaste salon, d'où résonnait le piano. Des cheveux noirs et longs, une silhouette fine, des bras élancés. Elle a tourné la tête pour nous saluer du menton. Elle avait un regard profond. « Ma fille », a dit Goto-san. J'ai aimé croiser ce regard. J'avais envie de contempler cette créature, encore. Je me suis retenu, redoutant d'offenser notre hôte.

Il ne nous a pas invités pour le déjeuner. Il devait avoir des occupations plus importantes à gérer. Peut-être avait-il fait le tour de ce que nous étions. Un de ses lieutenants nous a tendu des enveloppes. Elles contenaient le « per diem » de notre déplacement. L'équivalent de 300 euros en yens. Pour chacun. « De quoi vous restaurer à l'endroit de votre choix. »

Je me suis incliné d'un *osu*, l'interjection martiale et déférente des dojos de karaté.

Quelques mois plus tard, j'ai eu l'opportunité d'assister à un combat clandestin de *tosa ken*. J'ai regretté ma curiosité. Un affrontement en plein Tokyo, dans un parking souterrain. Une fosse, un peu plus petite qu'un octogone de MMA. J'ai même détesté ça. J'aime trop les chiens. Ils nous sont supérieurs dans bien des domaines de la perception, ils nous captent par couleurs ésotériques. J'étais triste pour ces pauvres bêtes qui se battaient devant moi. En colère d'assister à un carnage pour lequel s'enflammaient des parieurs.

J'ai gardé ça pour moi et n'en ai rien dit à Goto-san. Car on s'est recroisés plusieurs fois par la suite. Il est venu me féliciter dans mon vestiaire à l'Osaka Dome en avril 2000. J'avais infligé un énorme KO à Francisco Filho. On s'était pas mal chauffés avant le combat, Filho et moi. Lors de la conférence de presse, j'avais lancé : « Réservez-lui une chambre à l'hôpital, parce qu'il va morfler. » J'ai tenu parole, je l'ai détruit sur une gauche monstrueuse dès le premier round. Il a dû être admis aux urgences. Les images du KO, spectaculaires, ont tourné en boucle à la télé japonaise.

Goto-san était ravi. Filho avait choisi le karaté *kyokushinkai*, une école affiliée à un clan rival. Osaka était la place forte du *seidokaikan*, le karaté pratiqué par Ishii et ses amis. Après ma victoire, j'ai donc vu débarquer l'oyabun, accompagné de son escorte d'hommes en noir, tout sourire. Il m'a félicité, a posé une main sur mon épaule. « *Tosa or money* ? » Il tenait à m'offrir un cadeau. Je brûlais d'envie d'avoir un *tosa*, mais je redoutais que son tempérament ne le pousse à se battre avec mes chiens. Un factotum de Goto-san m'a remis une enveloppe avec 10 000 dollars dedans.

Une autre fois, j'ai été convié à partager un repas avec lui, accompagné de geishas. Chaque plat était goûté au préalable par un de ses lieutenants. Quand il s'est éclipsé, la soirée s'est poursuivie avec des membres de son état-major, dans un onsen, ces bains chauds où l'on se met à nu. J'ai gardé un short de bain. Les corps des sbires de Goto-san étaient parsemés de tatouages, ce qui est formellement prohibé dans les onsen. L'endroit devait être la propriété du clan.

Autant j'ai éprouvé de la fascination pour le charisme de Goto-san, autant j'étais agacé par ses lieutenants. Lorsque le boss était là, ils se raidissaient telle une phalange de légionnaires. Une fois l'oyabun parti, ils se révélaient tout autres, se relâchaient. Cette attitude les disqualifiait à mes yeux. Ce qui m'irritait, surtout, était qu'ils se comportaient comme des fans. Ils m'ont demandé de leur signer des autographes et m'ont assailli de questions. J'ai eu envie de décamper.

Les yakuzas n'ont pas toujours été aussi sympas. Un jour, après un combat, j'étais rentré à l'hôtel avec mes hommes de coin. Mon vieux copain Pascal Iglicki, reporter au magazine *Karaté Bushido*, nous avait rejoints. Pascal avait descendu quelques jack daniel's. Je m'étais abstenu, j'avais trop vu les dégâts de l'alcool sur mon père. Ali Sadok avait apporté son ghetto blaster et on a mis du Johnny à fond, pour chanter à tue-tête : « On m'a trop donné, bien avant l'envie… / Qu'on me donne l'envie / L'envie d'avoir envie ! » Pascal est devenu insistant avec une serveuse. Il voulait un autre whisky. De taquin, il est passé lourdingue. La fille a fini dans la piscine. Pascal était hilare.

Voilà qui n'a pas du tout plu à Kazuyoshi Ishii. Le boss du K-1 m'a téléphoné, parlant sur un ton que je ne lui connaissais pas. Des caméras avaient filmé la soirée. Il me sommait de présenter nos excuses au personnel. Ce n'était pas négociable. Lui-même avait reçu des réprimandes de plus haut. Il était coupable, à cause de nous, d'avoir rompu une forme d'harmonie et ça déplaisait fortement aux yakuzas qui avaient des intérêts dans l'hôtel.

Le lendemain matin, Ishii a déboulé dans ma chambre. Deux gros balèzes en costard noir se tenaient derrière lui. Il fallait changer d'endroit. D'autres types vêtus de sombre nous ont escortés vers un second établissement. On y a retrouvé Ishii à l'heure du déjeuner. Il était accompagné d'un mec en noir qui semblait avoir une position hiérarchique importante au sein de la « famille » Goto. Ils nous conviaient à partager un repas. Avant ça, il nous a fallu écouter un sermon. Puis l'homme en noir a dit : « Maintenant, mangeons ! » J'ai dit à mes gars : « Personne ne touche à la bouffe. » Je n'avais pas peur d'un empoisonnement, je tenais à garder nos distances. Et le peu de dignité qu'il nous restait dans notre connerie. Je me suis adressé au yakuza en anglais. « Je vous ai écouté. Je m'excuse. Nous nous excusons. Pour ce qui est du repas, nous ne mangeons qu'entre amis. Et on ne vous connaît pas. » Personne n'a cillé. Ambiance de plomb.

Ishii m'a fait de la peine. Je l'avais mis dans l'embarras. Plus tard, je suis revenu à l'hôtel avec un bouquet de fleurs pour m'excuser auprès de la serveuse qui avait fini dans la piscine.

J'ai revu Sophie Yuri de plus en plus souvent. Ma traductrice était une très belle femme, métisse, née d'un père breton et d'une mère japonaise. Je lui trouvais des airs de Mariah Carey. Elle avait aussi des tocs, refaisait trois fois ses lacets. Nous sommes tombés amoureux l'un de l'autre et avons partagé des moments magnifiques. Elle est venue me rejoindre au Havre.

Au fil du temps, Sophie est devenue très possessive. Elle s'embrouillait avec le staff du K-1 pour moi. Si mon plateau-repas arrivait à midi vingt au lieu de midi, elle faisait un scandale. Elle voulait me protéger.

Un jour, nous nous étions rendus sur la tombe d'Andy Hug, une légende du K-1, originaire de Suisse, décédé en 2000 d'une leucémie. Près de sa sépulture, nous avons croisé un groupe de

Japonaises. Elles souhaitaient faire quelques clichés avec moi. Sophie ne l'a pas bien pris, s'est mise à leur crier dessus. J'étais mal à l'aise.

En France elle était japonaise, au Japon elle était française. Son mal-être, sa double identité étaient pour elle quelque chose de dur à vivre. Notre relation s'est distendue. Elle voulait qu'on se remette ensemble. On s'appelait. Je n'étais pas prêt à recevoir son amour. Peut-être lui avais-je laissé entrevoir la lumière à travers des vitres opaques. Je m'en veux encore. Sophie avait été là pour moi au moment où il le fallait, notamment quand on avait eu des problèmes avec les yakuzas. Elle m'avait aidé pour des contrats et tant d'autres choses. Sophie a fini par demander à ne plus être ma traductrice. Nous nous sommes perdus de vue. Des années plus tard, j'ai reçu un appel qui m'a brisé les os. Sophie s'était donné la mort. Paix à son âme.

VERY BAD TRIP
À ROPONGI

Au Japon, j'ai vécu pas mal de séismes, sans jamais avoir ressenti de la peur. Une nuit, j'ai été réveillé par les vitres de ma chambre qui grinçaient. L'immeuble tanguait. Je me suis approché de la fenêtre. Ceux d'en face ondulaient comme des fleurs dans un champ. Sur tout l'archipel, les bâtiments sont construits aux normes parasismiques. Les architectes japonais sont les meilleurs au monde. Même si ça remue, on se sent en sécurité.

Les tremblements de terre les plus angoissants que j'aie vécus, ce sont ceux que je me suis infligés à moi-même. J'ai cherché à m'euthanasier. J'ai eu besoin de détruire des choses en moi.

La défaite face à Ernesto Hoost, lors de la finale du K-1 en décembre 2002, avait fait bien plus de dégâts qu'une triple fracture dans mon avant-bras. Les médecins étaient parvenus à refixer mon radius et mon cubitus à l'aide de vingt-sept vis. Mais il y a bien des choses dans ma tête qui ont été brisées ce soir-là. Quelqu'un a dit un jour que cette défaite avait signé la fin de ma carrière. Peut-être. Ça ne m'a pas empêché de livrer de colossales batailles ensuite. C'est quoi, une carrière ? Je ne m'en suis jamais envisagé une. En revanche, j'ai appris que l'éternité frappe rarement deux fois au même endroit. Elle s'était présentée à moi, encore, lors de cette finale. Le ciel et les étoiles m'étaient promis. Mais, une fois de plus, j'ai échoué. Alors j'ai plongé très profond.

Le ring m'avait aidé à me trouver, j'ai eu besoin de me perdre. Rien de mieux que la nuit pour ça. Pour m'éprouver encore, passer au niveau supérieur. Me frotter à des dangers plus redoutables que des poings.

À Tokyo, je débutais la soirée chez mon pote Eddie. Il avait un club de nuit dans le quartier de Ropongi. Un destin de dingue que celui d'Eddie. Né au Mali, il a étudié l'architecture à Cuba, où il a rencontré sa première épouse japonaise. À Tokyo, cet ancien boxeur poids lourd gagnait sa vie dans la protection rapprochée de personnalités. Et il avait son bar à lui, pour arrondir les fins de mois. Il s'y connaissait pas mal en séismes. En sortant de chez lui, je me laissais glisser dans la nuit.

Un soir, tandis que je marchais sous la pluie, une bruine apaisante, j'ai croisé un type sur le trottoir, surgi de l'ombre d'une ruelle entre un Starbucks et un 7-Eleven. Il m'a proposé des fioles de « poudre magique ». J'en ignorais le contenu et la provenance. « Faut la prendre en sept fois », m'a-t-il prévenu. J'ai tout gobé d'un coup. La poudre avait le goût du Tang, cette boisson orange des années 1980.

Je me sentais bien et passais un bon moment avec Jean-Claude, un ami de longue date. On est entrés dans un club de striptease. On discutait, tout en reluquant les filles d'un œil. Puis je me suis mis à avoir des montées de sueur. J'ai regardé ma montre. Je pensais qu'on était là depuis cinq minutes. En réalité, cela faisait presque une heure qu'on parlait. J'ai commencé à avoir des hallucinations. Mes bras devenaient des tentacules. J'allais perdre le contrôle. J'ai bondi sur mes pieds. Vite, il fallait trouver l'antidote ! On s'est mis à courir dans les rues de Ropongi. Je devais mettre la main sur le vendeur de fioles, obtenir un contrepoison.

À 3 heures du matin, il avait disparu. Un orage monumental a éclaté dans le ciel. Notre avion du retour en France décollait à 11 heures. Puis ce fut le trou noir, jusqu'à 6 heures. C'est ce qu'indiquait l'horloge de l'hôtel quand on est rentrés.

Il fallait que je fasse mes valises. Mais j'avais un excédent de bagages monstrueux. Cela faisait des semaines que j'étais au Japon et on m'avait offert un tas de cadeaux. J'essayais de me concentrer en me parlant à moi-même, tout en étant incapable d'articuler. Jean-Claude est venu frapper à la porte de ma chambre. L'ascenseur, qu'il avait bloqué avec un énorme cendrier, n'arrêtait pas de sonner. Surexcité, Jean-Claude m'a lancé : « Je vais t'aider à préparer tes bagages ! » Il a fait un carnage, il balançait mes affaires aux quatre coins de la pièce.

Je ne sais pas comment nous avons fini par arriver à l'aéroport. Là, j'ai été ébloui, agressé par les néons au tungstène du hall de Narita. Je percevais le trajet de leurs rayons au ralenti. Mes hallucinations ont repris de plus belle. Un petit homme s'est approché pour me parler, la voix haut perchée. J'entendais des mots en japonais croisés avec des croassements de corbeau. Il était beaucoup trop petit. Il gardait son bras fourré dans sa poche car il lui en manquait un bout. J'ai fermé les yeux, inspiré lentement et avancé, avec peine, poussant mon chariot jusqu'au comptoir. J'avais deux valises de trente kilos et une troisième de vingt supplémentaires. « Il va falloir racheter un billet », m'a dit l'hôtesse à l'enregistrement, d'un ton définitif. « Comment ? Pourquoi ? » « Je vais devoir appeler mon superviseur. » Le petit homme-corbeau s'est remis à jacasser. Jean-Claude m'a attrapé l'épaule : « Jérôme, pourquoi tu as caché ma femme dans ta valise ? »

J'ai levé les bras en l'air et crié : « Tout va bien se passer. » Puis j'ai commencé à déballer une valise. Elle contenait un tas d'affaires neuves, encore sous blister, des t-shirts, des sweats. J'ai remonté la file des gens qui attendaient pour l'enregistrement et improvisé une distribution. Ici un teddy tout neuf, là une paire de chaussettes sales. « Vous savez, je ne suis pas toujours généreux comme ça ! » Jean-Claude fouillait dans mes frusques, toujours à la recherche de sa femme.

Un passager s'est approché : « Monsieur, je voyage en business et je n'ai pas de bagages. Si vous le souhaitez, je peux prendre à mon compte votre excédent. » C'était un chirurgien français qui rentrait d'un colloque. Marc Divaris. Nous sommes devenus potes. Puis je me suis affalé sur mon siège. J'ai dormi tout le long du trajet. Ce fut le Tokyo-Paris le plus bref de ma vie.

Je m'étais mis dans la tête de regoûter un jour à cette fiole de poudre magique. Le dragon qui était en moi s'est changé en démon. J'ai saisi l'occasion après un combat de MMA à la Saitama Super Arena, une enceinte de 22000 places, au nord de Tokyo. C'était en mars 2005. Je venais affronter Yoshihiro Akiyama, un ancien de l'équipe nationale japonaise de judo. Il avait été champion d'Asie en mi-lourds.

Nous avions combattu selon des règles hybrides. Il portait un kimono, moi un short. Les rounds étaient censés durer cinq minutes. Ça s'est terminé après deux minutes trente de fureur intense. D'entrée, Akiyama a cassé la distance pour que je ne l'allume pas avec mes poings. Il a réussi à me saisir. M'a entraîné au sol, a tenté de me faire une clef de bras. J'ai réussi à me relever. Je l'ai ajusté avec un high-kick pleine tête. Il était vaillant, il est encore parvenu à m'amener au sol. J'ai pu une seconde fois me redresser, au prix de gros efforts. Épuisant. En plein milieu du round, quand il s'est baissé pour me ceinturer, je lui ai mis un coup de genou en pleine gueule. Un deuxième. Il est tombé raide KO.

Il était au sol, accroupi, en train de récupérer. Je me suis placé à genoux devant lui. Je me suis incliné avec respect. Il avait accepté l'affrontement malgré trente kilos de différence entre nous. Un guerrier.

Il n'y a pas de combat facile. Certains consument plus que d'autres. Ce soir-là, j'étais en forme. Vite douché, j'avais hâte de partir en maraude dans les rues de Ropongi. Je partageais ma chambre d'hôtel avec « Jiminy Cricket », un copain, un as du jiu-jitsu brésilien. Un seigneur, doté d'une grande connaissance des arts du combat. Un compagnon d'armes. Un frère. Un mec décalé mais en même temps pragmatique. Hypersensible, comme moi. Avec lui, les préparations étaient intenses. Nous étions durs au mal. Puis, à l'issue de mes combats, je l'entraînais dans mes tremblements de terre. Après le joug de l'exigence, place au galop de l'oubli. La nuit, nous n'avions aucune limite. À Paris ou ailleurs, on a touché à tout. On s'est aventurés, pour comprendre, pour apprendre. Se perdre. On a participé à des soirées démentes avec de beaux acteurs et de grandes actrices. Nous, on était deux sangliers. On s'enfilait de doubles rations de coke ou de MDMA. On voulait savoir si on tiendrait le coup. Les gens autour de nous avaient peur. Chaque fois, on repoussait un peu plus loin nos limites. Jiminy Cricket était mon garde-fou, ma bonne conscience. Sans lui, je serais mort.

Un matin, à Rocinha, la plus grande favela de Rio, on a essayé une coke achetée dans la rue. Dès le premier rail, on s'est regardés. On venait simultanément d'éprouver un sentiment de fraîcheur cérébrale intense. La drogue était pure ou presque. On a eu le même réflexe: « Impossible de prendre ça, on va crever. » On a balancé le sachet.

Une nuit, dans un palace parisien, j'ai cru m'en aller pour de bon. Il n'était pas là pour me freiner. Je m'étais envoyé plus de six grammes de coke. De battre mon cœur a failli s'arrêter.

Cette nuit de mars 2005, au Japon, le démon est revenu me tourmenter. On venait de finir de se préparer pour partir en virée. J'ai appelé Jiminy Cricket dans la salle de bains. « Tiens, essaye ça, c'est une nouvelle sorte de Tang. » J'avais envie de visiter le territoire des ombres et lui ai forcé la main pour qu'il me suive. Avant l'aube, mon pote a vécu l'enfer. À cause de moi. Il lui a fallu des mois pour s'en remettre. Je m'en veux encore.

La soirée était chaude. Nous avons trouvé un restaurant. Il s'est mis à me fixer. « La bouffe est en carton. » Il avait les maxillaires contractés et se mordait les dents.

Sans finir nos plats, nous sommes sortis pour dégotter un bar. Ropongi, la nuit, est un quartier animé. À un passage piéton, en croisant des dizaines d'inconnus, il m'a dit entendre toutes les conversations des gens, être en connexion avec leur âme, percevoir tout ce qu'ils pensaient. Rani Berbachi, qui nous accompagnait, ne parvenait plus à s'arrêter de rire. Lui, il ne touchait à rien. C'était notre saint, notre aumônier. On le surnommait « Bouddha ». Il était l'élément apaisant, rassurant.

Nous avons pris un escalier. Au bout de trois marches, Jiminy Cricket, dit aussi « JC », s'est essoufflé. C'était trop haut. La fiole avait modifié sa perception de l'espace. Il avait l'impression que les marches mesuraient plus de cinquante centimètres. Nous avons fini par descendre, direction un bar en sous-sol. Là, JC a eu d'autres hallucinations. Il m'a désigné deux gars accoudés au comptoir qui étaient prétendument en train de danser. Il ne se sentait pas bien, alors nous avons pris un taxi pour rentrer. Dans la voiture, il s'est mis à parler à des oiseaux. La nuit était noire, lui décrivait un ciel d'un bleu intense. Arrivé à l'hôtel, il a basculé vers la paranoïa. Projeté dans une scène de guerre au Vietnam, il voyait les clients comme des soldats vietminh. Il rasait les murs, rampait dans les couloirs. Il nous a fallu un temps fou pour sortir de l'ascenseur : il redoutait une embuscade. Soudain, il s'est assis en tailleur dans le couloir. Il était en sueur.

J'ai réussi à le ramener dans la chambre. Pour détendre l'atmosphère, j'ai mis de la musique, quelque chose de doux, léger. Sa perception des sons elle aussi était modifiée. Il s'est mis à ruisseler pour de bon. Tout en ayant froid. Je lui ai apporté une couverture. Là, il a voulu prendre l'air. On était au vingt-cinquième étage, je l'ai empêché d'approcher de la fenêtre. J'avais tiré les rideaux occultants, mais il persistait à me montrer les oiseaux dans le ciel bleu. Il m'affirmait avoir besoin d'air. Si je voulais être rassuré, je n'avais qu'à l'attacher au balcon. Je l'ai ceinturé, puis j'ai ouvert la fenêtre et nous sommes sortis. Je ne le lâchai pas un seul instant. Il voyait des vaisseaux, des oiseaux partout dans le ciel. Ses yeux étaient emplis de larmes. Il a fini par attraper la rambarde, a voulu se pencher pour, disait-il, marcher sur les nuages.

Je l'ai alors plaqué au sol. Puis porté dans son lit. Je l'ai bordé, ai attendu qu'il s'assoupisse. Au bout d'un moment, pensant qu'il s'était endormi, je l'ai laissé. Je suis sorti. La suite, JC me l'a racontée plus tard. Il a entrevu une lumière bleue sous le lit. Il s'est penché. Dans son délire, le sommier dissimulait un escalier descendant vers une crypte. De peur de chuter dans les limbes, il s'est mis debout sur le lit pour sauter vers la salle de bains. Là, face à son reflet dans la glace, il a hurlé. Il était un autre. Saisi d'une fatigue extrême, il s'est ensuite hissé à nouveau jusqu'à son lit.

Pendant ce temps-là, je traînais dans le lobby de l'hôtel. J'étais assis avec un groupe de Japonaises qui patientaient pour prendre des photos. Je venais d'avoir une idée pour que mon ami revienne dans un bon trip. On allait tous monter dans la chambre et lui chanter « Bon anniversaire ». J'ai briefé les filles, elles semblaient amusées.

J'ai entrouvert la porte, suis entré à pas de loup. Jiminy Cricket paraissait paisiblement allongé. À mon signal, les filles et moi avons entonné « Joyeux anniversaire ! » Mais lui était en plein cauchemar. Au purgatoire, en conversation avec Satan, dont il implorait le pardon. Il a ouvert les yeux sur ce groupe d'inconnus, entendant plutôt quelque chose comme « Bienvenue en enfer ! » Il avait la bouche pâteuse, perdu deux litres d'eau. Son corps avait fourni des efforts intenses pour éliminer la fiole d'élixir.

JC a eu des séquelles pendant un an. Des crises de panique. Des déséquilibres. J'ai appris plus tard que cette poudre avait provoqué la mort de plusieurs personnes. Dans ma folie d'explorateur, j'avais embarqué avec moi un type qui n'avait pas ma capacité de résistance. Je pèse cent vingt kilos, Jiminy en accusait bien moins. Je m'en veux encore de l'avoir engrainé dans ce *Very Bad Trip à Ropongi*.

CONVERSATIONS
AVEC LA DOULEUR

Dans ma mémoire, le 11 mars 2011 résonne comme le 11 septembre 2001. C'était un vendredi. Un mégaséisme sous-marin de magnitude 9,1, soit quasi le maximum, a tremblé à 130 kilomètres des côtes japonaises.

Les secousses ont provoqué un tsunami gigantesque. Deux vagues se sont rejointes pour n'en faire plus qu'une seule, approchant par endroits les 40 mètres de haut. Ce déluge de flots a déferlé sur 600 kilomètres de côtes, l'équivalent d'un Barcelone-Monaco. La vague était monstrueuse, inexorable. Elle semblait lente mais se révéla d'une violence inouïe. Elle est entrée à l'intérieur des terres, emportant tout sur son passage.

Des familles ont péri alors qu'elles vivaient à dix kilomètres de la mer. Vu d'Étretat, ça m'a paru incroyable. J'avais le ventre noué.

Le bilan des victimes ne cessait de croître. J'étais inquiet pour tous mes amis japonais. J'ai tenté des coups de fil là-bas.

La vague avait endommagé les circuits de refroidissement de la centrale atomique de Fukushima, une ville située à trois heures au nord de Tokyo. Effroyable. L'apocalypse nucléaire avait bercé mon adolescence. Aux infos, on faisait peser au-dessus de nos têtes la menace des missiles SS-20 soviétiques. J'avais 12 ans en 1985. L'année suivante, je regardais à la télé les images de la catastrophe nucléaire de Tchernobyl, en Ukraine. Abominable.

J'ai enfin réussi à joindre des amis au Japon. Peu d'entre eux habitaient dans la région de Fukushima. Le séisme en lui-même avait fait un assez faible nombre de victimes. Le tsunami, lui, a tué 15 889 personnes. Et partout pesait la menace radioactive. Je ne pouvais pas rester chez moi à ne rien faire. Il me fallait aider, agir, bouger. Après avoir atterri à Tokyo, je suis parti vers Fukushima en bus. Trois heures de route, en silence. Dans le recueillement, on a roulé vers la désolation. Le soleil était haut, il faisait beau. Je portais une veste en cuir. Une double peau pour me sentir plus costaud. Je redoutais d'affronter la détresse des gens. Ils avaient tout perdu.

Le K-1 avait sollicité l'aide de plusieurs de ses combattants. Leur présence, leur notoriété pouvaient mettre un peu de baume au cœur des gens. Mais la plupart de mes collègues s'étaient abstenus. Ils craignaient d'être contaminés par les radiations. J'ai tout de suite accepté de venir. Risques ou pas, je devais ça aux Japonais. Ils avaient fait de moi ce que j'étais.

En arrivant dans les faubourgs de Fukushima, j'ai été frappé par une scène : des dizaines de rescapés formant une file. Ils attendaient patiemment une distribution devant des tentes de la Sécurité civile japonaise. Sans débordements. Leur dignité était bouleversante. J'ai aperçu des mômes qui jouaient à chat. Ils souriaient. La vie était toujours là. J'ai croisé des regards profonds, lourds. Graves. Jamais abattus.

Puis j'ai participé à une distribution de nourriture. Un consommé de légumes chauds qui sentait bon, avec du riz et du poisson. Chaque fois que je présentais un bol, je prenais soin de bien incliner le buste, tendant les deux mains, offrant mon meilleur sourire venu du cœur.

Inoki organisait la distribution. Il avait été sénateur au parlement japonais mais surtout catcheur, et il était devenu une icône en acceptant d'affronter Muhammad Ali. Depuis l'après-guerre, le grand public japonais se posait la même question que partout ailleurs dans le monde : « Alors, entre le boxeur ou le catcheur, qui est le plus fort ? » Ce sont les Japonais qui se sont attaqués à ce dilemme. Le combat entre Ali et Inoki a eu lieu au Nippon Budokan de Tokyo le 26 juin 1976. Leur affrontement, diffusé dans trente-quatre pays, a été regardé par près d'un milliard et demi de téléspectateurs. Une opposition en quinze rounds. À la dure. À l'ancienne. Avec des règles hybrides, qui ont préfiguré le MMA. Entre le sport, l'*entertainment*, l'exhibition rémunératrice et un peu plus que tout ça. Un défi opposant deux hommes. Et deux nations.

Inoki a honoré le Japon face à l'Amérique. Il a fait mal à Ali avec ses attaques dans les jambes. Et répondu à Ali, qui pour railler sa mâchoire prognathe avait surnommé Inoki « le Pélican ». Ali n'a plus jamais été le même après ce combat. Entre ces deux hommes-montagnes, les juges ont décrété match nul. Pour ne froisser personne. Inoki fut le pionnier du *sportainment* au Japon, et a alimenté ce mythe de combattants forts, costauds. Il a préfiguré le K-1 bien plus que ne l'a fait le sumo, plus proche de la cérémonie religieuse, avec ses prêtres shinto.

Jamais de ma vie je n'aurais imaginé disputer un combat de catch. Mais Inoki a eu l'idée de monter un gala de catch pour récolter des fonds. J'ai dit « banco », bénévolement. Le temps de me familiariser avec quelques figures imposées, je débutais au Korakuen Hall, le petit théâtre du Tokyo Dome, pour mon premier gala.

Puis j'ai participé à une tournée à travers le Japon, jusqu'à Shanghai, en Chine, et Pyongyang, en Corée du Nord. Au total, j'ai disputé dix-sept combats de bienfaisance pour les rescapés de Fukushima. Lors de l'une de ces exhibitions, je me suis blessé. J'étais opposé à un lutteur brésilien, Montanha Silva. Il mesurait 2,11 mètres, pesait cent quarante-cinq kilos. Sur une séquence, il m'a soulevé pour me tenir en l'air à bout de bras. Selon la chorégraphie prévue, il devait me balader aux quatre coins du ring. Mais il m'a balancé hors des cordes. Je ne sais pas ce qu'il lui est passé par la tête. En retombant, mon épaule s'est fracassée sur un coin de table au bord du ring.

Je me suis rendu aux États-Unis, où je devais rejoindre mon pote Satoshi Ishii. Il préparait un combat de MMA à Las Vegas et je tenais à l'aider en lui servant de sparring-partner. Ishii est un grand monsieur du monde du judo et des sports de combat. Il avait remporté la médaille d'or olympique aux Jeux de Pékin, dans la catégorie des poids lourds. Cette année-là, Teddy Riner avait dû se contenter du bronze. Ishii, guerrier dans l'âme, se risquait dans l'aventure du combat libre. Après les entraînements, j'ai eu une sensation bizarre dans le dos. L'impression que quelqu'un s'amusait à me piquer les dorsaux. Deux semaines plus tard, j'avais perdu l'usage de mon bras gauche. Ma chute hors du ring de catch avait provoqué une énorme hernie des vertèbres C6-C7.

Ayant regagné la France, j'ai consulté un médecin spécialiste à Neuilly. Il m'a fait une infiltration pour calmer la douleur, prévoyant de m'opérer deux mois après. « Après 40 ans, monsieur Le Banner. La boxe, c'est terminé. »

Toute la chaîne musculaire reliée à mon triceps s'était atrophiée. Mon muscle pectoral avait fondu. Je n'avais plus aucune force. Bloqué. Incapable de lever le bras. De retour en Normandie, j'ai pris une bouteille à moitié remplie. Impossible de la soulever au-dessus de mon épaule. « Je ne peux pas faire ce mouvement ? Eh bien, je vais le retenter. Mille fois s'il le faut. » Chaque heure, je recommençais une série. La première semaine, il m'était impossible de tendre le bras au-dessus de ma tête.

J'ai insisté. Encore et encore. Embrassé la douleur au plus intime de moi. Jusqu'à ce qu'elle n'existe plus. Jusqu'à retrouver l'usage de mon bras. Aujourd'hui, j'ai récupéré toutes mes capacités musculaires. Je soulève plus de vingt kilos à bout de bras sans soucis.

Ces temps derniers, comme Johnny, j'ai un problème de hanche. J'en bave. Il me faudra un jour me résoudre à me faire opérer. En attendant, je parle à ma hanche, pour la calmer. Je ne veux pas de radios, de scanners ou d'IRM. Mon truc, c'est de m'adresser à ma douleur. « Sois sage. Tiens-toi plus tranquille. » Je ne serai jamais son prisonnier.

Je me suis brisé le ménisque, rompu les ligaments croisés. J'ai été très bien opéré. Désormais mon genou couine chaque fois qu'il se positionne à l'aplomb de mon pied. Je suis allé à dix reprises chez le kiné, puis j'ai effectué ma rééducation seul. Et recombattu derrière.

Une année, j'ai eu trois côtes cassées dans un accident de voiture. C'était en décembre. Début février, elles étaient ressoudées. Au scanner, la médecin a cru que je lui faisais une mauvaise blague. « Vous êtes Wolverine, monsieur Le Banner. » Ce super-héros de Marvel guérit de tout, très vite. Moi c'est un peu pareil. Plutôt que de regarder l'imagerie médicale, je visualise ma reconstruction. J'imagine la dérive des continents à l'envers : des morceaux de moi se ressoudent, se recollent. Je ne compte plus le nombre de combats que j'ai livrés avec un truc cassé à l'intérieur de moi. Ce n'est pas une écharde dans le pied qui m'arrêterait.

Junichi Sawayashiki peut en témoigner. Ce boxeur a vécu son quart d'heure de gloire le 4 mars 2007, à la Yokohama Arena. Il est devenu le premier Japonais à vaincre Banna-san, aux points. Il avait 22 ans, j'en avais 34. Quand l'arbitre lui a levé le bras, désignant le vainqueur, j'ai souri. Détaché. Il avait mérité sa victoire et sa joie. Tant pis pour moi. J'avais passé trois reprises à avancer sur lui. Il n'avait eu de cesse de tourner, de visiter les quatre coins du ring. Normal : il pesait vingt kilos de moins et n'allait pas rester en face, accepter l'épreuve de force. J'ai essayé de le cadrer. Lorsque je parvenais à l'ajuster, je frappais sans puissance.

Il avait gagné en confiance au fil des rounds. Au troisième, il m'avait décoché un crochet gauche qui avait fait sauter mon protège-dents. Au premier round, déjà, un crochet droit m'avait envoyé au sol. Pas tant à cause de sa puissance : mon genou droit s'était dérobé sous l'impact.

La vérité, c'est que je boxais sur une jambe, ce soir-là. J'assume cette défaite. Il n'aurait pas fallu accepter ce combat.

Trois semaines plus tôt, je m'étais fait une rupture partielle du ligament du genou droit sur le tournage de *Babylon A.D.*, un film de science-fiction réalisé par Mathieu Kassovitz, l'adaptation d'un roman d'anticipation de Maurice G. Dantec, soutenue par une grosse production internationale réunissant StudioCanal et la Twentieth Century

Fox. Un budget avoisinant 70 millions de dollars, avec une pléiade de grands acteurs : Charlotte Rampling, Michelle Yeoh, Lambert Wilson, Mélanie Thierry, Gérard Depardieu, Mark Strong et la vedette de blockbusters américains Vin Diesel.

Avec Mathieu Kassovitz, nous partagions une belle amitié. Je l'avais emmené au Japon ou en Corée quand j'y boxais. Parfois, lorsque je venais à Paris, j'allais dormir chez lui. Je crois que ma folie d'alors l'intriguait. On s'était rencontrés par l'intermédiaire d'Alain Figlarz, un maître de la cascade, incontournable dans les chorégraphies de combats au cinéma.

Mathieu m'avait confié un rôle dans *Babylon A.D.* J'interprétais le personnage de Killa. Lors d'une scène clef du film, j'affrontais Hugo Cornelius Toorop, le héros, joué par Vin Diesel. Le tournage se déroulait à Prague, en République tchèque.

J'étais passionné par le travail de cascades proposé par Alain Figlarz. Les combats de cinéma n'ont rien à voir avec la réalité. Selon les angles de caméra, il faut des gestes amples, soit l'exact contraire de la réalité du ring, où l'on veille à s'exposer le moins possible. On travaillait dans une bonne ambiance, de 23 heures à 6 heures, sur la chorégraphie. Hélas, on a eu quelques soucis avec la star du film, Vin Diesel. Il avait le rôle principal mais n'était pas du tout investi dans la préparation des scènes.

Vin Diesel nous a posé un lapin lors d'une répétition, me laissant bosser seul avec ses deux doublures. Je sentais que Mathieu était mal. Le combat avec Vin Diesel était une scène importante. J'ai dit à Mathieu que j'allais le chercher. J'ai passé le contrôle de la sécurité, tapé à la porte de sa loge. La vedette était tranquillement en train de jouer à la console. J'ai hurlé : « Eh mec, ça fait trois fois que tu nous fais faux bond. *Who the fuck you think you are ? A superstar ? You are nobody !* »

Il m'a regardé avec des yeux ahuris. Il s'est excusé, a prétexté qu'on ne lui avait pas donné les heures de shooting. Vrai ou pas, je l'ignore. Le lendemain, il était là. On a enchaîné trois répétitions. Il captait vite les mouvements de la chorégraphie.

Lors du tournage, sur une scène où il devait aller sur la droite, il est allé sur la gauche. Pour le protéger, j'ai suivi son mouvement. Mon genou a subi une mauvaise torsion. Rupture partielle du ligament croisé droit. Trois semaines après, je devais boxer au Japon. Impossible de laisser les Japonais en plan parce que je jouais les starlettes au cinéma. C'est dans cet état que j'ai pris un vol direction Tokyo pour aller boxer Sawayashiki à Yokohama. Et, quelques jours plus tard, j'étais de retour à Prague pour achever de filmer les dernières scènes. Cette fois, l'autre con ne voulait plus tourner… Branle-bas de combat, j'ai de nouveau filé vers sa caravane.

À nouveau, des types attachés à la sécurité rapprochée de Vin Diesel faisaient barrage. D'un mouvement du bras, je les ai envoyés balader. Alain Figlarz m'avait suivi. Moi, je me suis chargé de dire ses quatre vérités à l'autre baltringue, en anglais : « T'es pas Vin Diesel, t'es Vin Gasoil ! Rien. T'es personne, juste un enfoiré. » Il m'a laissé parler. Au départ, il jouait l'indifférent, puis je l'ai senti s'imprégner de mes mots. Mathieu a reçu un coup de fil : « Vin Diesel est prêt à tourner, il arrive sur le set. »

En deux heures, la scène de combat était terminée. Dans la boîte. Je ne l'ai jamais vue. Je suis pourtant allé à l'avant-première, dans un cinéma des Champs-Élysées, assis à côté de Mathieu. Là, il m'a demandé si je m'ennuyais, j'ai répondu « Oui. » « Viens, on y va. » On est allés boire un café à deux pas.

Un an plus tard, j'ai reboxé Sawayashiki. Ce soir-là, j'avais mes deux jambes. Et c'est mon bras que l'arbitre a levé en signe de victoire.

TREIZE JOURS ET TREIZE NUITS EN PRISON

Le Japon m'a fait grandir. J'ai appris de lui, je me suis construit avec lui. J'ai aimé son intransigeance, sa rectitude. Cette droiture si étrangère à la France. La rigueur japonaise est une forme d'intelligence collective sans laquelle ce pays n'existerait pas. Elle a été pour moi une école, un remède.

En bon Gaulois, j'ai souvent râlé contre leur manque de souplesse. J'ai même raillé ce pays, imploré qu'il fasse preuve d'un peu plus de « latinité ». Mais jamais autant que lors de cette situation absurde vécue par une amie française, incarcérée treize jours et autant de nuits après avoir jeté un sac plastique dans la rue.

C'était avant un de mes combats, à Yokohama, qui devait avoir lieu sur un ancien porte-avions reconverti en hôtel. Mon amie et moi logions dans un appartement du côté de Ryogoku, le quartier des sumos, à l'est de la rivière Sumida.

Un après-midi, alors qu'on rentrait de l'entraînement, deux septuagénaires nous ont pris à partie devant le hall de l'immeuble, ils se sont mis à nous invectiver en criant « *Trash! trash!* » L'homme a tendu vers nous une feuille au format A4, l'impression de captures d'écran d'une caméra de surveillance. On y voyait le distributeur de boissons tout proche. Au Japon, il y en a à chaque coin de rue. Un endroit est prévu, sur le côté, pour s'y débarrasser des bouteilles usagées. L'image que l'homme exhibait montrait mon amie en train de déposer un sac poubelle au pied de la machine, à 4 h 55 du matin. Sur une autre capture d'écran, on la voyait jeter son mégot de cigarette par terre.

En France, un tel geste est quelque chose de commun. Dans certains quartiers de Tokyo, le seul fait de fumer dans la rue est prohibé. C'est le cas de Ryogoku, qui appartient à l'arrondissement de Sumida, où une ordonnance d'interdiction de fumer a été promulguée en 2006. Il en coûte quelque 20 000 yens (125 euros) aux contrevenants. Dans le fond, le vieux avait raison sur ce point de droit: mon amie était en infraction.

À Tokyo, la gestion des déchets est un véritable casse-tête autant qu'une bonne source d'enseignements. Contrairement à Paris, on n'y trouve pas de poubelles dans les rues. En France, les déchets sortent de notre champ de vision. Une fois qu'on les a jetés, ils ne font plus partie de notre monde. On attend que les éboueurs les ramassent. Les déchets sont un souci dont on se déleste facilement. L'approche des Japonais est différente. À Tokyo, on garde ses poubelles chez soi, parfois plusieurs jours d'affilée. Chaque quartier a son calendrier pour la gestion des rebuts. Le samedi, le dimanche et le lundi, il n'y a aucun ramassage. Et si, comme pour beaucoup de Tokyoïtes, le logement n'excède pas vingt mètres carrés, il faut s'accommoder de leur présence. Les ordures sont triées.

On sépare les plastiques, on en rince certains. Puis on les compacte avant de les placer dans un sac poubelle. Les ordures ne sont pas prises en charge par une caste d'intouchables, elles sont sous la responsabilité de chacun. Par souci du vivre-ensemble et de l'environnement, tout le monde est garant de ses propres détritus.

À Tokyo, dans certains quartiers, le mardi est le jour tant attendu du ramassage des « incinérables », organiques ou papier, qu'on a entassés chez soi. La règle impose de les déposer dans le coin de rue prévu à cet effet avant 9 heures du matin. Le mercredi, c'est au tour des bouteilles plastiques et des cannettes en métal. Là encore, une certaine minutie est exigée : il faut prendre soin de détacher l'étiquette de la bouteille. Le Japon est l'un des rares pays au monde où jeter prend du temps et coûte de l'argent. Mon amie ignorait tout cela.

Les deux septuagénaires étaient en colère. Ce n'était pas la première poubelle sauvage qu'elle déposait, ils avaient mené leur petite enquête. D'une voix agressive, l'homme a réclamé ses papiers d'identité. Le ton est monté. Il a alors saisi le bras de mon amie. Pour se défendre, elle s'est dégagée et lui a envoyé une claque. J'étais stupéfait. Le vieil homme venait d'être humilié devant sa femme. Cette dernière s'est jetée sur le sac à main de ma copine. Par réflexe, j'ai mis la main sur le sac et tiré en arrière d'un coup sec. La puissance de mes cent vingt kilos a emporté la petite vieille. Bon sang, qu'est-ce que j'avais fait ? J'en ai eu aussitôt des sueurs froides. J'ai pris peur. J'imaginais déjà la dame effondrée sur le bitume, une mare de sang se formant autour de son crâne. Je me suis figé, ai levé les bras au ciel : « On appelle la police ! »

Alertés par des témoins, les agents sont arrivés assez vite. Nous n'avons pas tergiversé, comprenant qu'il fallait aller tout de suite au poste. Un policier m'a tendu des menottes. Mon langage corporel exprimait la docilité, je lui ai répondu : « Pas besoin, on vous suit. »

Une fois au commissariat, je me suis retrouvé dans une pièce, mon amie dans une autre. Un flic en costard-cravate est entré. Grand et élancé, il parlait anglais. Je lui ai demandé quel était le problème, si nous étions là « juste à cause d'un putain de sac poubelle » ? Les gens du poste m'avaient reconnu et s'étaient montrés obséquieux. Le flic en costard, lui, n'en avait rien à faire de Banna-san. Il m'a fixé droit dans les yeux : « Ici, vous n'êtes pas chez vous, monsieur Le Banner. Dans ce commissariat, vous n'êtes rien. » Puis il s'est lâché. « Chez vous en France, on tue des professeurs, on brûle des magasins et des écoles. Votre pays vous attend : si vous voulez y retourner, ne vous gênez pas. » J'ai compris que la situation était plus compliquée que je ne le pensais. L'étau se resserrait.

J'ai demandé à parler à un avocat. Cela a pris un temps infini. J'ai ensuite réalisé que, sur ce genre d'affaires, l'avocat n'avait qu'un rôle de modérateur aux yeux du droit japonais. J'ai alors réclamé un traducteur japonais. Au bout d'un certain temps, un type chétif et craintif est arrivé. Il était malien, enseignait le français. Il sursautait dès que les policiers s'adressaient à lui.

Après quelques heures de procédure, on a consenti à nous laisser partir. Nous sommes rentrés à l'appartement dans un état second. Et le lendemain matin, à 8 heures, les policiers ont débarqué, accompagnés de l'interprète malien. Outre le mégot et le sac poubelle, conservé comme pièce à conviction pour être remis au procureur, la claque prenait des proportions démesurées. Mon amie était accusée d'agression sur un citoyen japonais.

Menottes aux poignets, passeport et téléphone confisqués, ils l'ont embarquée dans le fourgon qui stationnait au pied de l'immeuble. Le conducteur s'est tourné vers elle pour lui signifier en anglais qu'elle était en état d'arrestation et allait en prison. En premier lieu, il nous fallait passer au poste de police de Wangan, au sud de la ville, pour procéder à des prélèvements d'ADN et faire une série de photos.

Je n'ai plus eu de nouvelles d'elle pendant des jours. Je suis devenu dingue, rongé d'inquiétude.

Pour calmer mes nerfs, je m'infligeais des entraînements violents. Je remuais ciel et terre, aussi. Même mes promoteurs japonais n'ont rien pu faire. Personne ne semblait surpris. L'ambassade de France a admis son impuissance totale. L'ex-Premier ministre Édouard Philippe, que j'avais entraîné à la boxe au Havre, idem. Au Japon, les relations ne sont d'aucune aide. La règle est la règle. Toute erreur mérite sanction. J'ai repensé à Carlos Ghosn, l'ancien patron de Renault-Nissan-Mitsubishi, passé du statut de dieu vivant à celui de prisonnier en un rien de temps. Il a fini par s'évader, de manière rocambolesque, fin décembre 2019.

Seul dans l'appartement, j'avais du mal à gérer mon anxiété. Le soir, je pleurais de rage et de frustration. En bas de l'immeuble, j'ai recroisé le septuagénaire. Je le sentais paniqué, comme s'il redoutait que je le trucide. Treize jours plus tard, j'ai enfin eu des nouvelles de mon amie et appris le calvaire qu'elle avait vécu.

Elle était arrivée au centre pénitentiaire à la nuit tombée. Les surveillantes l'avaient déshabillée pour procéder à une fouille corporelle sans ménagement. Les *tanto-san* lui ont crié qu'ici, elle n'avait plus de nom et était désormais le matricule 811. Elle a ensuite été conduite vers sa cellule, une cage grillagée sans fenêtre, éclairée jour et nuit au néon. Là, en compagnie de trois autres détenues, elle avait interdiction de parler, sans aucun accès aux promenades ni aux visites. On les autorisait à prendre une seule douche par semaine, à 6 heures du matin, d'une durée de six minutes. Pour s'adresser aux *tanto-san*, elles devaient se mettre à genoux, baisser les yeux.

Parmi ses codétenues, il y avait une jeune mère de famille qui avait volé de la nourriture dans un supermarché. Une autre, qui possédait une ouïe extraordinaire, décryptait l'activité de la prison au bruit des clefs dans les serrures, au rythme des pas sur le sol. « Tiens, une nouvelle surveillante. » Une autre prisonnière encore était une immigrée népalaise qui gardait les yeux rivés au sol en permanence.

J'ai haï le Japon.

En ce début du mois d'août, il régnait une chaleur étouffante. J'étais déshydraté, épuisé à force de multiplier les démarches pour la faire libérer. Un jour, dans le métro, je me suis mis à hurler de rage au milieu des gens. Mon promoteur a baissé la tête. Un voyageur s'est retourné vers moi. Je l'ai fixé avec un regard de dément. J'aurais pu le jeter sous une rame, tant la colère me submergeait. Hiroshi, qui m'accompagnait pour m'aider, m'a ceinturé. Il s'est serré contre moi et s'est mis à pleurer dans mes bras en m'implorant. Ses larmes, son émotion ont désamorcé la bombe humaine qui menaçait d'exploser. De retour à mon appartement, j'étais agité. Impossible de me calmer. La nuit est tombée très vite à travers les vitres. Un crépuscule plombant. Tellement douloureux que j'ai fermé les yeux. *Faut pas se plaindre, mon garçon.* Je suis resté dans ce néant un moment.

Sortir. J'ai marché jusqu'au distributeur de boissons. Le lieu du crime. J'ai levé la tête pour fixer la caméra de surveillance. Je me suis adressé à elle, comme une prière vers les deux petits yeux que j'imaginais devant leur écran. Je me suis agenouillé au sol. Prosterné. Puis j'ai levé les bras vers le ciel, implorant le pardon. À haute voix. J'avais l'intime conviction, aussi, de parler aux *kami-sama*, les divinités, l'esprit divin des Japonais. « Aidez-nous. Aidez-moi. » Le lendemain, j'ai demandé à mon avocat de verser un million de yens au couple de retraités, en dédommagement.

Cet événement a abîmé mes liens avec le pays. Puis j'ai réalisé qu'il fallait tenter de passer au-delà, essayer de comprendre. J'ai été comme forcé de réfléchir et d'évoluer quant à ma conception de l'intransigeance, mon rapport aux autres.

Que ça me plaise ou non, le Japon ne ment pas.

LA GROTTE DE MUSASHI

Kumamoto. En ce mois de juin 2024, je m'apprête à livrer mon dernier combat. Mais où sont les bandes de protection ? Une heure avant de monter sur le ring, je n'ai toujours rien pour mes mains. L'organisateur n'y a même pas pensé. Le K-1, lui, s'occupait de tout, nous fournissait la gaze, l'adhésif, le nécessaire pour confectionner les bandages. Un officiel de la commission d'arbitrage venait les contrôler, vérifier qu'on ne les avait pas lestés par des billes de plomb ou du plâtre pour blesser l'adversaire. À Kumamoto, pour mon dernier combat, il n'y a rien. Personne.

En guise de vestiaire, je me suis trouvé un coin d'intimité dans ce qui ressemble à une salle de cours. Afin d'avoir un peu d'espace, il a fallu repousser les chaises et les tables contre le mur. Des boxeurs japonais se préparent dans la salle de cours mitoyenne. Je vais leur demander s'ils peuvent me dépanner de bandes. Mais c'est en vain. On finit par dénicher un vieux rouleau de sparadrap et je me couvre les phalanges de cette protection dérisoire. Je ne sais pas pourquoi je fais ce geste inutile. La ligue qui chapeaute la rencontre s'est baptisée Knuckles, « phalanges » en anglais. Au moins un truc cohérent, ce soir.

Une sensation de pesanteur ne quitte pas mon cœur. L'organisateur a aussi oublié de prévoir de l'eau. Il faut insister, plusieurs fois, avant qu'un gars apporte quelques petites bouteilles. En cette fin de journée, le soleil tape sur la baie vitrée du vestiaire improvisé, orienté plein est. Pour avoir un peu d'air, je fais coulisser la vitre. Une moiteur tropicale compresse l'atmosphère.

Drôle d'endroit pour un dernier combat. Pourtant, je balaie loin de moi tous ces signaux d'alerte. Je me mets à bouger. À déverrouiller mes épaules et mes hanches, en guise d'échauffement. Je ne fais pas trop monter mon cœur, il va me falloir gérer.

Puis on m'appelle. Je traverse le centre des congrès dans un état second, au milieu de spectateurs. Je rejoins l'obscurité du backstage, j'attends la mise en scène de notre entrée sur le ring. Mon adversaire est à l'autre extrémité. On doit grimper sur un podium, marcher jusqu'au ring. Le speaker en fait des tonnes pour annoncer le combat. Il braille « Yuki Kaneedaaaaaaa ! » Le nom de mon rival, qui apparaît dans une explosion de sons et de lumières. Puis j'entends « Jérôme Le Banneeeeeeer ! »

À cet instant-là, tout se rallume en moi. Comme l'électricité après une panne de compteur. Des haut-parleurs a jailli *Carmina Burana*. Une énergie surgit de la terre pour grimper tel un lierre le long de mes os. Elle se diffuse dans mes artères et mes vaisseaux. Si puissante qu'elle me soulève le torse.

Les effets pyrotechniques ont empli l'air de soufre et de salpêtre. Ça sent aussi le fil électrique brûlé, le plastique des projecteurs trop chauffé. Je porte mon avant-bras à mon nez, y hume l'odeur de la Namman Muay, un baume aux parfums de camphre et de menthol qui sonne l'heure du combat. Je souris. Je suis là. À fond dedans. Je me revois au Tokyo Dome vingt ans plus tôt. *Osu!*

J'ai gagné en deux rounds. J'ai boxé la bouche ouverte. En me bridant pour ne pas me cramer. D'autres fois tout en accélération, incapable de calmer mon tempérament. Mon adversaire est tombé KO sur une série de poings, ivre de coups, après avoir tout donné de lui-même. On m'a levé le bras, j'ai regardé derrière moi. Il est resté longtemps au sol. Alors, je suis venu m'agenouiller devant lui, en signe de respect. Ses hommes de coin se sont mis à quatre pour le porter hors du ring. Le speaker m'a tendu le micro. D'abord protocolaire, j'ai salué l'organisateur de la soirée. Puis j'ai remercié le Japon, ainsi que tous les gens présents. « Ce pays a fait de moi celui que je suis. » Je me suis agenouillé à nouveau, prosterné face à eux, dans les quatre coins du ring. Ce geste les a touchés, je crois. Des cris de ferveur ont dominé leurs applaudissements. Je me suis empli du public. Je m'étais présenté à eux en guerrier. Leurs regards n'avaient nulle hostilité pour le *gaijin*. Ils m'ont offert de la bienveillance, de l'admiration aussi. Une vague d'amour puissante. Comment pourrais-je renoncer à ça ?

Cinq jours avant cet ultime affrontement, j'ai reçu une lettre. Manuscrite, magnifique. Rédigée en français. Son auteur était un Japonais. Sa pensée et ses mots ont résonné en moi comme des coups qui cognent à la porte.

« Cher Jérôme Le Banner,

Je m'appelle Mitsuteru Matsumura et je vis à Kumamoto, au Japon. Né en 1974, je travaille actuellement comme géomètre-expert.

Pendant mes études pour obtenir cette qualification, j'ai souvent été découragé et j'ai pensé abandonner. C'est à ce moment que j'ai été encouragé par votre attitude face aux combats. En voyant votre courage et votre détermination, j'ai décidé de ne pas abandonner et j'ai finalement réussi mes examens. Je suis convaincu que si j'ai pu réussir et devenir ce que je suis aujourd'hui, c'est grâce à l'inspiration que j'ai tirée de votre façon de combattre, et je vous en suis reconnaissant.

Ce qui m'a particulièrement marqué, c'est votre détermination à continuer à monter sur le ring malgré vos blessures, et à affronter vos adversaires. Votre persévérance et votre détermination sont un grand soutien dans ma vie. Même après avoir commencé à exercer comme géomètre-expert, il y a des moments où le travail est difficile et exigeant, et où j'ai envie de fuir, mais revoir vos combats en vidéo me donne la force de surmonter ces défis.

Je vous remercie sincèrement d'être venu combattre à Kumamoto. Je voulais absolument exprimer ma gratitude et j'ai saisi cette opportunité pour le faire. Je continuerai à soutenir vos efforts. Prenez soin de votre santé. Je vous souhaite encore plus de succès à l'avenir.

Cordialement. »

Cette lettre m'a tiré des larmes. Je n'ai jamais gagné de titres majeurs. J'ai grandi, survécu à ce sentiment de ne jamais être légitime, de ne mériter rien. De devoir toujours me battre pour arracher un peu. Avec cette missive, j'ai reçu de l'amour en pleine poitrine. Kumamoto est une ville de questionnements, de quête. C'est là qu'est né Eiichiro Oda, le créateur de *One Piece*, le manga le plus lu au monde. Partout dans la cité on trouve des statues de Luffy, son héros. Il cherche un trésor. Je cherche aussi le mien.

Il y a quelques jours, je suis allé visiter la grotte de Miyamoto Musashi. C'est ici, à Kumamoto, qu'est décédé ce maître de l'art du sabre, au XVIIe siècle. Il avait tué son premier homme à 13 ans. Avait été laissé pour mort à la bataille de Sekigahara. Il a survécu, est devenu un duelliste invaincu.

Ce guerrier de légende a arpenté le Japon, entamé une introspection, écrit le *Traité des cinq roues*. Il a fini reclus à Reigando, une grotte sur les hauteurs, à l'ouest de la ville. En y arrivant, je me suis accroupi et j'ai regardé le ciel. Musashi était resté cinq ans à méditer là. Il avait sans doute des choses à laver en lui. La victoire, la survie cachent tant de renoncements et de défaites intimes.

Moi, j'ai rêvé, j'ai volé, j'ai échoué. Surtout en amour. Beaucoup en amour. Je n'ai pas su recevoir. J'étais inapte. Il y a tant de relations que je n'ai pas été capable de vivre pleinement. Mon âme est sombre et sale par endroits. J'ai combattu mes peurs, surmonté nombre de douleurs. Il faudra bien un jour que je me cogne à moi-même. Je suis déjà mort tant de fois. J'ai gagné, j'ai perdu. Je tenais tant à repartir, trop occupé à embrasser l'adversité.

Depuis peu, j'ai découvert un petit chemin qui mène à la bienveillance. Après tant de guerres, j'ai envie de l'emprunter. Pour y trouver enfin la paix de mon âme.

TOKYO FIGHT
ALBUM

« Ma mère ne se plaignait jamais. Mais pourquoi ne m'a-t-elle rien expliqué ? »
Jérôme (8 ans) et sa mère, Michèle Le Banner.

« Avec ton père, on a eu des hauts et des bas. Mais il ne m'a jamais lâchée. »
Philippe et Michèle Le Banner.

« Je m'appelle Jérôme mais je suis né en Chine, dans la province du Henan, où se situe le temple Shaolin. »

Jérôme et son père, Philippe Le Banner.

« Il faut que tu aies ton chemin pour chemin. »

« Mes rêves m'ont emmené loin, jusqu'ici au Japon. »
Dans les rues d'Osaka, 2000.

Le KO contre Francisco Filho, en 2000.

« Bruce Lee a prédit le MMA à l'heure où les arts martiaux mixtes n'existaient pas. »

« J'ai disputé près de cent cinquante combats en trente ans de carrière, dont plus de la moitié au Japon. »

Avec Sylvester Stallone (Saint-Tropez, 2013).

SIMPLY THE BEST
PINK WATCH
COTE D'AZUR

« Banna-san a commencé à être décliné en peluches, en jouets pour enfants. »

CHARACTER
PRODUCT

2F
京華茶楼
RINKAGE

« Lorsque Victoria était enfant, chaque fois que je partais pour le Japon, je lui disais "Papa va travailler". » Avec sa fille Victoria, 2024.

Kumamoto, 2024.

Kumamoto, 2024.

À deux heures du dernier combat. Kumamoto, 2024.

TOKYO FIGHT
CRÉDITS PHOTOS

Pages 187 à 191 : © Jérôme Le Banner
Pages 192 à 194 : © Bruno Fablet/Presse Sports
Page 195 © Bernard Matussiere/ Presse Sports
Page 202 : DR
Pages 196 à 201 et 203 à 208 : © Karim Ben Ismaïl

REMERCIEMENTS

JÉRÔME LE BANNER

Merci :

À Faiza, mon être cher, d'avoir mis au monde notre fille Victoria.

À Lydia d'avoir toujours été l'oreille, la main, le sourire, le soleil dans ma vie.

À Philippe Gomis, mon frère de cœur qui a toujours été là, surtout dans les mauvais moments.

À Pascal Igliki et Jean-Paul Maillet, sans qui rien n'aurait pu commencer.

À Gilles Arsène, frère d'armes, de conflits et de conneries.

À Alan Kermorvan, qui a été là quand je n'étais plus rien financièrement.

À la famille Berbachi de Marseille, la famille Sadok de Font-Vert.

Et à toutes les personnes que j'ai pu laisser sur le bas-côté.

À mes amis japonais, Kazuyoshi « Kancho », Hiroshi Yokoyama, Eddie Harouna Dabo, Nasu, Naruse.

À Johann Duhaupas, mon frère d'arme.

À Ichem, que j'aime.

À Karim Ben Ismaïl, la plume de ma pensée.

Aux éditions les Arènes pour leur confiance.

À Stéphanie Pillonca, David Charron et Thomas Langman pour la confiance du septième art.

À Alan, de L'Abri-Côtier, pour ton soutien matinal.

À Bruce Lee et à mes guides.

À mon coach, Madjid Nassah, pour avoir toujours été là ; à sa sœur et à sa mère, ses piliers.

À Jean-Marc Poupel, « Merlin l'Enchanteur », mon médecin depuis trente ans.

KARIM BEN ISMAÏL

Merci infiniment à Pima, le Yaï, Mamenou et Kazoo. Takemi et Takema Takayasu, Hiroshi Yokoyama, Robert et Takako Verdier, Maki Asakawa, Mitsuteru Matsumura, Noriko Udea, Noriko et Yugo Mizoguchi, Yumi Matsutōyaa, Yoshiaki Terashima, Taeko Matsushima, Yoshiko et Maki Nagaï ainsi que Kooki, Eito, Coco, Toa, Elu et Ritsu, Ayami et Kooki Nakata, Akio et Fumiko Okada, Takashi Nishiyoka, Tomio Takeda, et Aya du Sanlos Live Shibashi, Weï Weï Zhu, Mark Hunt, Peter Aerts, Alexandra Gobbé, Hitomi Tohyama, Saigo Takamori, Oshio Heihachiro, Fayza et Victoria Le Banner, Myamoto Musachi, Lydia Rodriguez, Marie-Louise Bouchemel et Emmanuel Salaverri, Amakusa Shiro, Rani Berbachi, Minamoto no Yoshitsune, Kusunoki Masashige, Kazoo, Gilles Arsène, Yamato Takeru, Madjid Nassah, Kazuyoshi Ishii, Daisuke Terraguchi, Eddie de Ropongi, Olivier Fabre, Alan Kermorvan, Sugarawa no Michizane.

L'exemplaire que vous tenez entre les mains
a été rendu possible grâce au travail de toute une équipe.

Édition : Pierre Bottura
Collaboration éditoriale : Emmanuel Dazin
Couverture et conception graphique : Éric Pillault
Révision : Éva Baladier, Isabelle Paccalet avec Anna Calvière
Mise en page : Soft Office
Photogravure : Point 11
Fabrication : Marie Baird-Smith
Commercial et marketing : Pierre Bottura
Coordination : Jean-Baptiste Noailhat

Relations libraires : Salomé Bernard
Presse et communication : Hind Boutaljante avec Manon Lejeune
Communication digitale : Marc Blactot, Adèle Hybre et Soraya Lecroc

Rue Jacob diffusion : Élise Lacaze (direction), Katia Berry (grand Sud-Est),
François-Marie Bironneau (Nord et Est), Charlotte Jeunesse
(Paris et région parisienne), Christelle Guilleminot (grand Sud-Ouest),
Laure Sagot (grand Ouest), Diane Maretheu (coordination),
Charlotte Knibiehly (ventes directes) et Camille Saunier
(librairies spécialisées)
Distribution : Interforum
Droits France et juridique : Geoffroy Fauchier-Magnan et Marion Rowe
Droits étrangers : Ella Bartlett et Elvire Beaule
Droits audiovisuel, théâtre, podcast : Geoffroy Fauchier-Magnan
Accueil et librairie : Laurence Zarra et Lucie Martino
Envois aux journalistes et libraires : Vidal Ruiz Martinez
Comptabilité et droits d'auteur : Christelle Lemonnier,
Camille Breynaert et Christine Blaise
Services généraux : Isadora Monteiro Dos Reis

PEFC
10-31-1510
Certifié PEFC

L'ensemble de cet ouvrage a été réalisé dans le respect
des règles environnementales en vigueur. Il a été imprimé sur du Lac 2000
PEFC pour l'intérieur et une carte Invercote PEFC pour la couverture.

Achevé d'imprimer sur les presses de l'imprimerie Corlet
à Condé-en-Normandie (Calvados) en octobre 2024.
ISBN : 979-10-375-1270-3
Numéro d'impression : 24100284
ISSN : 3038-4443
Dépôt légal : Novembre 2024

En France, un livre a le même prix partout. C'est le « prix unique du livre » instauré par la loi de 1981 pour protéger le livre et la lecture. L'éditeur fixe librement ce prix et l'imprime sur le livre. Tous les commerçants sont obligés de le respecter. Que vous achetiez votre livre en librairie, dans une grande surface ou en ligne, vous le payez donc au même prix. Avec une carte de fidélité, vous pouvez bénéficier d'une réduction allant jusqu'à 5 % applicable uniquement en magasin (les commandes en ligne expédiées à domicile en sont exclues). Si vous payez moins cher, c'est que le livre est d'occasion.